mônica vai jantar

mônica vai jantar

davi boaventura

2ª edição

Porto Alegre • São Paulo
2025

mas ela claro se sente culpada por não chorar embora não aceite sua suposta obrigação ao melodrama e então com a perna esquerda apoiada sobre a tampa do vaso sanitário dobra o corpo distraída sobre si para a lâmina alcançar os pelos sempre frágeis da panturrilha em um movimento de mão quase que displicente por serem já sete e cinquenta e quatro da noite de acordo com seu relógio de pulso ignorado na bancada da pia onde em um instante ela também descarta a gilete e os óculos e as roupas e nua ela se paralisa debaixo do chuveiro impaciente e indecisa e na verdade exausta por toda aquela tensão inconsciente nos músculos da virilha e da nuca e das omoplatas dali descendo por ela a água quente que misturada a vapor e a cabelo e a espuma do sabão escorre em direção ao ralo enquanto ela se esfrega a esponja vegetal pelas pernas tentando se convencer de que é mentira pois é óbvio é mentira pois na sua ingenuidade é inconcebível demais que ele seu marido namorado tenha de fato se masturbado bem no meio da tarde em uma poltrona de ônibus a ponto de esporrar pelo seu cinto velho desafivelado igual ele casualmente se masturbou na frente dela dois dias atrás mas agora em um ônibus e de dia e em público e desta vez descoberto com o pau à mostra assim portanto sendo surrado por alguns passageiros enfurecidos que o forçaram a se escafeder do coletivo em uma fuga cujo término só se deu no momento estranho em que ele se sentou no sofá de dois lugares da sala para gaguejar uma explicação desconexa sobre seus hematomas no rosto e no corpo e nas mãos e ainda o porquê dele estar sem meias sem sapatos no que gerou nela um tal estado de choque que ao invés de esbravejar ela se desconcentrou examinando o esmalte das próprias unhas sem perceber o quanto ele soava envergonhado mas não arrependido quando àquela hora ele deveria estar era no trabalho manipulando fórmulas e remédios que os pacientes vão se descuidar de tomar e não dentro de um ônibus nem muito menos se masturbando dentro de um ônibus se ele não deveria nunca sequer jamais estar dentro da merda de um ônibus e o telefone toca e ela ignora e ela é incapaz de afastar de si o nojo provocado pela decepção uma vez que esse nojo logo se transforma em uma mistura incoerente de raiva e aflição e desconfiança e também certa paranoia por se perguntar se seria mera adrenalina produzida pelo desejo de ser flagrado ou se é talvez a sensação autoritária de submeter uma pessoa qualquer a de repente assistir a isso que para ela é uma violência violentíssima e aí o telefone de novo toca e ela por não querer se enxugar às pressas permanece imóvel à espera do barulho do aparelho se diluir em um eco distante e disforme como é aliás o seu próprio pensamento diante de toda a apatia e nervosismo para não falar na pressão entre sua vontade de implodir e a de continuar sendo apenas uma subgerente de loja se arrumando para um encontro social importante pois ela está atrasada ou está prestes a se atrasar já que o jantar começaria às sete mas foi adiado para às oito e é justamente às oito em ponto o exato instante em que ela esbarra o cotovelo nos produtos de higiene e se consome ao ouvir todo o conteúdo das embalagens abertas caindo pelo chão de ladrilhos roxos do banheiro onde ela entorpecida já se indaga se não é melhor desligar a porcaria do chuveiro e sair depressa do banho e ela assim se pergunta e se pergunta e se pergunta mas ela não sai e ela não vai sair e à medida que o ralo do boxe absorve o seu estupor ela se molha e inspira e expira e ela se ensaboa os pés espalhando sabão líquido de essência floral por debaixo de seus dedos toda assustada com a mera possibilidade do padrasto ou da mãe ou mesmo da grande amiga do trabalho um dia por acaso descobrirem sobre esse ônibus marido sujo e então por abruptamente pensar em sexo ela se desfaz e se apaga e ela se desmancha em amargura até enfim recolher do piso molhado sua esponja esfoliante e o xampu e o condicionador notando ter sobrado de cada um somente o suficiente para poucas lavagens embora ela hoje precise de uma quantidade bem reduzida de xampu e de condicionador desde quando passou a cortar o cabelo mais curto na altura do ombro logo depois de ter sido afinal promovida para subgerente de loja e assim como subgerente de loja ser obrigada a frequentar o tal jantar de dezembro que desta vez será em um restaurante mexicano no qual ela almoçou com a grande amiga do trabalho quatro ou cinco meses atrás sem se lembrar agora do quanto gastou ou de qual comida comeu como se ela fosse uma mulher de repente desmemoriada que para piorar nem repara em abrir o respiradouro do seu próprio banheiro e portanto converte o lugar em um cubículo morno todo enevoado pelo vapor d'água do chuveiro que embaça o espelho emoldurado em alumínio e forma pequenos bolsões de calor no teto de gesso além de uma camada fina de umidade naqueles azulejos brancos da parede cujo desgaste ela muito subestima ao destampar o tubo de pasta de dente e esfregar pelas gengivas uma escovação desleixada que mal consegue disfarçar o gosto ácido lá do fundo da garganta antes dela enxaguar a boca com a água corrente e se agachar para cuspir bem em cima do ralo pois deste modo ela não corre o risco de ver o líquido espirrar pelo restante do assoalho no que infelizmente é um movimento mecânico de quem sempre se imagina censurada pela sujeira do banheiro não alcançando nunca os altos padrões de limpeza deste marido namorado que é muitíssimo disciplinado com a aparência da casa a começar pelo cuidado com a arrumação do quarto de dormir onde a televisão é um ruído e os móveis estalam e o telefone toca mas o telefone toca e ela não ouve e por não suportar mais o calor da água ela decide fechar o registro do chuveiro e se seca os seios e os braços e as costas e ela ainda está em pé no boxe ali lamentando como em breve a pele de seu rosto de seu pescoço vai começar a derreter à noite e ela então decerto vai acordar murcha pela manhã se é que já não está murcha agora pois mal tendo completado vinte e nove anos ela se perde sem cor e sem fôlego até se assumindo responsável pelos erros dos outros como se a culpa não fosse dele por querer exibir o pau e sim um defeito dela ou do corpo dela que mais jovem era muito mais atraente por não ter essas pernas ressecadas e esses culotes e as gorduras e esses prenúncios de rugas que ali a perturbariam demais se ela não evitasse se observar através do espelho embaçado assim por isso não enxergando ao aplicar o desodorante em creme pelas axilas o quanto seu reflexo é o reflexo de uma mulher que ao invés de se preocupar em como se portar diante dos diretores está ainda tentando assimilar o tamanho de seu espanto por eles dois não terem nunca conversado sobre o assunto uma vez que conversar sobre o assunto poderia ser o suficiente para manter o zíper dele fechado pois ele não é um monstro e ela não ama um monstro e o telefone toca e ela se corrói e é toda corroída enxugando sua virilha e suas pernas que ela se martiriza por no fundo querer somente encontrar uma justificativa capaz de o perdoar igual ela perdoou o primeiro namorado por aquela traição cuja lembrança a faz de imediato entender como ela está de novo se recusando a admitir que talvez nem tenha sido o primeiro e único incidente porque é bem provável que ele de fato já tenha se masturbado em vários lugares públicos sem nem ao menos ela desconfiar de nada neste sentido desde aquele feriado de páscoa no qual os dois começaram oficialmente a namorar e de presente ele comprou para ela este relógio de pulso ignorado na bancada de uma pia na qual ela se apoia para não cair ao enxugar os dedos dos pés enquanto mais uma vez se indaga se ele não deveria era estar preso detido ao invés de se deitar em uma rede confortável para fumar o cigarro que ele fuma lá na sacada e ele fuma e é um cheiro e esse cheiro dá a ela uma náusea idêntica à náusea que ela revive por recordar o quanto já foi apalpada dentro de um ônibus por todas aquelas transversais da avenida oceânica onde as paradas são bem distantes umas das outras e não se constrói nenhum abrigo novo desde quando ela ainda era adolescente e a mãe havia acabado de operar o tal preenchimento de lábios sobre o qual ninguém nunca nem fala nada nem mesmo com ela que por ora se apalpando seus mamilos de repente doloridos até se conforma com a inevitabilidade de uma hora ter de finalmente atender o gerente regional machista de merda porque ele continua ainda a ligar e ele não desiste e apesar dela não ter escutado seu telefone tocando ela ouve agora através da porta de madeira tanto os dois apitos longos avisando de ligação perdida quanto o apito curto para indicar uma mensagem de texto enviada quem sabe pela grande amiga do trabalho que deve ter já estacionado seu carro na ruela em frente ao restaurante mexicano sem nem saber que a amiga está trancada no banheiro confusa e humilhada remexendo nas gavetas do gabinete à procura da sacolinha de primeiros socorros quando já deveria era estar dentro do carro à caminho do jantar e não desiludida e não enfastiada e não à procura de um objeto que ela somente por acaso acha atrás de duas caixas de xarope daí em diante fingindo ignorar a pressa e o atraso ao abrir um pacotinho de gazes e um tubo de esparadrapo impermeável para se acomodar por sobre o vaso sanitário a fim de roer várias tiras do esparadrapo com os dentes e enfim grudar pequenos curativos nos nodos dos pés e nos calcanhares neste sentido supostamente se protegendo das desvantagens das sandálias de salto alto cujo uso frequente aliás é uma das principais causas desta dor renitente nos tornozelos que ao permanecer abaixada sentada ali no vaso sanitário ela começa a sentir junto a um formigamento leve de cãibra não importa quantas vezes ela bata seu pé esquerdo no chão ao se levantar pois ela sim se levanta e ela se estica e ela se coça e ela se enrola na toalha guardando os apetrechos de volta à gaveta ainda se perguntando o porquê do marido namorado se masturbar dentro de um ônibus no que a faz então imaginar a maldita cena em diferentes ângulos ao afastar com cuidado a porta do banheiro para confirmar se o quarto está de verdade vazio não ouvindo da sala no entanto barulho nenhum a não ser o eco dos próprios passos escorregando pelo dormitório naquele caminhar meio apreensivo de quem tenta conter o impulso infantil de se esconder dentro de um armário cujas gavetas inferiores por estarem semiabertas provocam nela um incômodo imbecil que só é mesmo superado quando depois de trancar direito a porta do quarto ela se vê lá empurrando aquelas gavetas com os pés para logo em seguida destravar seu telefone celular e descobrir que a mensagem de texto recebida não é de sua grande amiga do trabalho e sim uma mensagem padronizada da assessoria da empresa a informar através de uma frase pomposa que o jantar além de ter sido adiado para nove horas da noite está agora agendado para uma cantina de massas a duas quadras da avenida perimetral onde porém ela nunca almoçou ou jantou ou jantaria e isso apesar de ser um restaurante pelo jeito famoso por suas massas artesanais de acordo com o aplicativo de melhores restaurantes da cidade que ela visualiza a esmo para não ser forçada a lidar com a insistência do gerente regional machista de merda ligando duas vezes à tarde e mais umas quatro chamadas perdidas durante os vinte e poucos minutos em que ela naquele banheiro tomava banho e se desmontava se tornando este farrapo que arremessa o aparelho de telefone por detrás dos travesseiros e se senta na cama para enxugar o couro cabeludo em uma toalha de rosto apanhada na gaveta superior de uma cômoda que é na verdade uma cômoda de estilo provençal comprida demais para este quarto porque disputa espaço com a poltrona e a televisão e as estantes e no fim é um móvel que se espreme entre o armário de seis portas e este espelho de corpo inteiro pelo qual ela vê o reflexo da máquina fotográfica largada em cima da poltrona daí concluindo que vai ser mesmo uma sorte incrível se ele não tiver sido filmado pela câmera de um passageiro a qualquer momento sendo exposto para quem quiser vê-lo gozar na internet enquanto ela se afunda e se arrasta e ela se esgota sem proteção nenhuma cada vez mais se debilitando diante de uma televisão ligada desde cedo na reprise de uma série norte-americana que é afinal substituída quando ela sem enxergar nada direito por causa da miopia pressiona canais aleatórios no controle remoto até por preguiça parar no canal vinte e quatro horas de vendas para assistir com leve desfoque a uma vendedora de mão longa macia de dedos compridos oferecer uma gargantilha com desconto de quarenta por cento nesta promoção que é a melhor dos últimos anos segundo uma voz anônima cujo maior mérito é fazê-la se distrair e ela se distrai e distraída ela esboça se deitar na cama mas prefere porém só afofar o travesseiro para fazê-lo servir de encosto durante um surto de autopiedade no qual ela se decreta convicta de como não se deve dizer eu te amo nem sequer a si própria antes de determinada idade porque todos os outros tipos de amor são mesmo uns amores odiosos e desprezíveis e esta sensação só se agrava à medida que o instinto de fugir do quarto correndo se torna tão bruto tão intenso quanto o desespero interminável que pelo contrário a obriga a não sair da cama como se ela estivesse presa em um estado de suspensão que a esmaga e a deprime e a deixa no fundo sem ânimo nenhum para rejeitar tamanha contradição sendo que daí ela apenas perde um tempo em divagações sobre a compra dos móveis e os empréstimos e as parcelas da geladeira só concluindo mesmo é que todo aquele projeto de futuro confortável se tornou sim um projeto estúpido e ele é um estúpido e ela mesma deve ser uma pessoa terrivelmente estúpida por se manter muda sentadinha calada ao invés de gritar e de chorar e de denunciar ou pelo menos desabafar e quebrar essa inércia de quem nem por curiosidade verifica se a história já não foi publicada nas redes sociais portanto destruindo este seu marido namorado que finge maturidade ao descansar o corpo remoído na sacada quando àquela hora ele deveria estar sem dúvida bem quieto e envolvido no trabalho para cadastrar e preparar e reconferir os compostos e cremes e comprimidos a serem encaminhados via motoboy no tal isoporzinho da farmácia que eventualmente ela encontra jogado pela área de serviço ao lado dos baldes coloridos que são todos organizados conforme o uso quinzenal da faxineira por quem ela desenvolve certa simpatia ao reconhecer o cheiro refrescado nas fronhas e nos lençóis e também a maciez da toalha agora enrolada em sua cabeça como se não fosse estranho ela estar ali nua diante do armário aberto à procura de um vestido minimamente adequado para a deixar disposta e confiante no jantar já que com certeza alguém na mesa vai destilar um comentário maldoso sobre os números de sua loja não terem sido nada satisfatórios nos dois últimos trimestres e ainda toda aquela expectativa dos diretores para verem no natal um crescimento algo bem acima dos dois por cento alcançados no balanço anterior que teve um resultado mediano e só fez aumentar os atritos entre ela e o gerente regional machista de merda até porque ele é um sujeito conhecido por tentar prejudicar toda e qualquer mulher e não seria diferente logo com ela que escutaria os dois apitos curtos de mensagens novas se o som já pífio do aparelho não estivesse abafado pela espuma do travesseiro que foi espremido contra a cabeceira da cama graças ao seu movimento de se pôr em pé para vasculhar as roupas de cabide em cabide e cabide na busca por uma peça específica que ela não sabe se está ali ou se está no cesto de roupa suja do banheiro uma vez que são roupas demais no armário e elas estão agrupadas segundo regras aleatórias nas quais as camisas de trabalho são indistintamente misturadas às calças e às bermudas e os vestidos e as saias e aí seus cintos mais abaixo perto dos seus tênis e sandálias naquele sapateiro cujas prateleiras surgem apertadas em um vãozinho lateral do roupeiro onde se acumulam ainda vários pacotes de meia-calça que ela por ato contínuo remexe de novo impaciente e indecisa sem nem se resolver se deve mesmo sair para o jantar na medida em que o cotidiano dos dois vai se tornando só uma lembrança absurda e vazia que poderia ser a vida de qualquer pessoa menos a vida dela porque a vida dela hoje sumiu e ela também sumiu e por ter sumido ela não enxerga mais sentido nenhum em expectativas ou desejos ou brincadeiras e portanto esta noite a partir da entrada dele em casa vai ser sempre para ela uma incoerência de sentimentos somente suportável por ela não ceder nem ao choro nem ao melodrama como se por um milagre fosse possível deslembrar as conversas ou o sexo ou os shows ou também as noites em que eles lá excitados bebiam de vinho a mesma fartura de tequila que ela pretendia tomar se o jantar continuasse agendado para o restaurante mexicano e não para a cantina de massas a duas quadras da avenida perimetral onde de todo modo ela pretende escarrar este bolo gástrico preso no esôfago que cria uma pressão desgraçada nas paredes da garganta enquanto ela aborrecida se movimenta entre o armário e a cama e a poltrona de qualquer jeito selecionando e avaliando e descartando suas camisas e suas saias e seus vestidos em uma correria logo solapada por um ensaio silencioso sobre como pedir a ele para ir morar em outra casa já que existe sim um prazo curto de validade e relacionamento nenhum sobrevive aos vinte e nove anos de idade pois esta idade é realmente o limite de transição no qual não dá mais para brincar de ser criança e a partir de agora vai ser necessário reaprender a acordar sozinha depois de ter se acostumado a emendar namoros arrumando sempre alguém para beijar e transar e conversar e é um susto quando o telefone toca mas o telefone toca e ela não atende e além de estranhar a insistência do telefone chamar ao invés da pessoa simplesmente enviar uma mensagem ela se surpreende por metade de seus vestidos estarem espalhados pela cama à espera de uma decisão que parece incapaz de vir por ela se dispersar enxugando o cabelo e assistindo a vendedora de mão longa macia de dedos compridos anunciar na tevê uma corrente de prata vendida em três pequenas prestações de sessenta e oito reais através do cartão de crédito ou do débito ou do boleto bancário no que ainda pode incidir um soberbo desconto de sete por cento caso o cliente possua o cadastro atualizado como é claro deve ter o cadastro atualizado a grande amiga do trabalho que apesar de ser alguém confiável para ela poder pedir ajuda e carinho é mantida à distância porque de uma maneira instintiva a faz se lembrar demais das duas melhores amigas com quem ela estudou e dividiu apartamento antes de se afastar quando essas duas amigas começaram a cursar medicina e ela se sentiu inferior sem autoestima não importando o quanto de dinheiro ela acumulasse em comissões para comprar a cômoda e as estantes e a poltrona ou até este espelho de corpo inteiro para o qual ela não olha nunca olha pois ela continua a encarar insistente suas roupas esparramadas pela poltrona e pela cama durante uma marcha cabisbaixa pelo quarto sob um princípio de pânico que é muito mais um sofrimento antecipado por saber como os conselhos de sua mãe sobre esta crise iriam apenas oscilar entre a necessidade de diálogo e de perdão e uma sutil insinuação sobre a culpa ser dela e não dele no que em sua cabeça só reforça as razões para as duas estarem afastadas até que de uma hora para outra ela já está literalmente enfurecida derrubando as roupas pelo chão por cerca de trinta ou quarenta segundos até mais controlada reunir devagar os trapos em um bolo desajeitado do qual retira uma série de camisas também desprezadas quando ela decide provar uma bela blusa bordô que seria próxima da perfeição se o tecido não amassasse tão fácil ao contrário daquele cardigã verde que deveria estar aqui e não está e assim à procura do tal cardigã verde ela escava seu guarda-roupas desta vez convencida pela vendedora de mão longa macia de dedos compridos que essas três pequenas prestações de sessenta e oito reais são sim um preço bastante razoável para aquela correntezinha de prata se ela própria desembolsou cerca de vinte por cento a mais em uma estatueta para as bodas da mãe e do padrasto mesmo prevendo que no natal iria ganhar de volta somente o liquidificador de copo de vidro que é ligado agora por ele na cozinha e produz um barulho por sorte abafado pela porta do quarto para onde no entanto ela se dirige e tranca uma segunda volta da chave como se a fechadura fechada a ajudasse a sossegar daí que ela enfim de fato se acalma e mais calma sem porém encontrar nenhuma resposta ela até se diverte se questionando se um dia teria coragem de transar em frente a estranhos já que trepar nua diante de uma plateia sempre foi uma fantasia erótica da moda e poderia facilmente ser um desejo secreto dela ou da mãe ou de sua grande amiga do trabalho na casa de quem aliás ela talvez devesse pedir abrigo para pelo menos não ser obrigada a dormir em sua própria cama e de madrugada se torturar pelo desperdício de quatro longos anos em uma relação falsa e mentirosa ao invés de ter vivido em viagens e encontros e noitadas ou quem sabe até levar a sério os flertezinhos bestas do trabalho sem ter por exemplo fugido de certas transas casuais das quais convenhamos ela mal se arrependeria a não ser se fosse descoberta ou se adoecesse ou se ela se apaixonasse mas ela não iria se apaixonar porque ela já era apaixonada e ela então chora ou ela quase chora e ela estica os braços para examinar se o esmalte branco das unhas precisa de retoques no que é um lapso de sua memória pois houve sim uma ida à manicure após ter saído mais cedo do serviço para se preparar para esse tal jantar contra o qual não adianta ter resistência porque não ir significaria ser forçada a conviver com esse tumulto mental em que ela desgraçadamente se sente traída e culpada e deprimida e é tudo uma gritaria na qual além de não se compreender ela também se anula e se machuca e ela finalmente escolhe para o evento um vestido preto elegante à altura dos joelhos que é um vestido comprado por ela mesma uns dois anos atrás no retorno de uma consulta médica marcada para examinar um corrimento que sempre a ataca em picos de estresse e que com certeza vai se instalar de novo nos próximos dias assim que seu corpo começar a reagir diante do esgotamento que é ouvir o marido namorado transitar pela sala talvez em direção ao lavabo de onde ela espera escutar aquele ruído dos canos e da pia e da descarga até contudo se convencer de que o barulhinho de água corrente não deve mesmo aparecer conforme ela supõe pelo silêncio que ele deve estar ou na cozinha ou na sacada ou então ele está lá em pé pela área de serviço para fumar um cigarro encostado à janela não se mostrando nada preocupado sobre como esta mulher surta quase enlouquece ao selecionar da mistureba de roupas espalhadas pela cama um vestido pouco utilizado em festas já que antes em festas ela preferia usar um daqueles seus vestidos longos vermelhos justamente para agradar a ele que nunca vai ser agradado e daí com o vestido à mão ela se dá conta do quão abominável é o dilema em relação ao marido namorado porque ela no fundo precisa decidir se denuncia ou se perdoa ou se esquece e ela vai esquecer e é portanto com certa negligência que ela separa seu vestido preto elegante do restante das roupas afinal deixando o vestido em um cabide mal pendurado na cabeceira de uma cama agora não mais atulhada pois ela repõe os vestidos e as calças e as saias de volta no armário guardando suas roupas de duas em duas e duas unidades sem qualquer esforço de sistematicidade a não ser uma desordem muito coerente com o seu nervosismo que é inclusive acentuado por ela não ter tempo nenhum de se aplicar creme hidratante pelos braços e pelas pernas logo vestindo uma calcinha cinza de renda e uma meia-calça preta cuja cor realçando a cor escura do vestido parece no mínimo apropriada para esconder o esverdeado de suas veias e a pele desbotada de quem nem chega perto da praia desde aquele primeiro fim de semana no qual tudo parecia tão bonito e era impossível prever que morando juntos quarenta e tantos meses depois a relação iria terminar por um motivo tão insólito sobre o qual ela pensa e repensa e não se esquece e ela se senta na beirada do colchão para ajeitar a costura dos dedos dos pés desta maneira eliminando todas as sobras no pano para os amassados do tecido não dificultarem o calçar de sua sandália de salto alto que se ela seguir o padrão vai ser também preta para compor um modelo sóbrio por cima do qual ela quer jogar o colorido do tal cardigã verde se o tal cardigã verde for enfim encontrado dentro daquele armário onde o espaço destinado para as roupas de inverno está ocupado por uma coleção de casacos de lã que sob a justificativa de servirem para viagens foram acumulados por anos e anos e anos apesar do calor que sempre faz nesta cidade ainda mais neste início de verão no qual é até um contrassenso ela atravessar seu quarto para fechar as persianas penteando o cabelo curto enquanto ela hesita e se nega a admitir para si mesma o quanto se afastou da mãe para se afastar do padrasto uma vez que o padrasto é quem ele é e quem ele nunca vai deixar de ser porque as pessoas ao envelhecer apenas encolhem e a mãe encolheu e ela vai encolher ou talvez ela já esteja aliás encolhida ao assistir a vendedora de mão longa macia de dedos compridos ostentar na tela uma pulseira caríssima no intervalo curto de tempo em que ela se apavora por enxergar em sua personalidade as repetições de padrão em relação à família e aos empregos e às rotinas e até aos namorados como se suas escolhas fossem todas feitas pelo medo da solidão e sua única alternativa agora só pudesse ser aceitar essa merda calada rezando para a história do marido namorado não virar apenas a base de uma pilha amarga de decepção que um dia poderá quem sabe incluir também o remorso por não ter aberto sua própria loja quando ela hoje já sabe que não aguenta mais colecionar temporadas em brechós e butiques e perfumarias ou mesmo seus cinco anos nesta franquia de móveis e decoração na qual ela se flagela por ter que acordar por volta das sete da manhã para perto das oito e quinze descer pelo elevador até a mesmíssima garagem onde ela deveria estar para fugir deste sujeito que no fundo ela sequer conhece pois qualquer verdade sobre ele pode ser uma mentira e até essa circunstância dele estar lá à solta na sala ou na sacada representa um risco para ela que vai ao banheiro buscar seus óculos debaixo de uma confiança esmigalhada cujo inverso é somente uma sensação maníaca de estar sob contínua vigilância tal qual o escrutínio que ela subgerente de loja supõe sofrer dentro de seu escritório ao se expor diante de seus funcionários naquele caixote de vidro não muito diferente do ambiente ao redor da vendedora de mão longa macia de dedos compridos que repete os telefones para contato logo antes dela desligar a televisão e abrir as portas dele no armário para vasculhar os bolsos das camisas e das calças e dos casacos se surpreendendo quando dentro de um envelope ela descobre impressa uma fotografia recente deles dois mergulhando bem felizes na piscina do clube o que só aumenta a perplexidade de quem tampouco é capaz de definir qual é a atitude esperada para uma pessoa caso ela receba uma notícia esdrúxula como aquela e veja seu marido namorado entrar em casa parecendo um animal machucado todo coberto de feridas no queixo e nos ombros e nos braços para não falar naquela camisa grudenta tão bizarramente suja a ponto de nem parecer a mesma camisa que ele usou no sábado anterior durante o jantar caseiro em que eles cozinharam a comida conversando sobre os programas de culinária da televisão e as diferenças entre os milhares de portais de gastronomia da internet de onde por sinal o marido namorado imprimiu todas estas receitas achadas por ela no interior do armário enquanto revira a gaveta de cuecas até desistir e remexer o seu próprio guarda-roupa à procura desta vez da maleta de maquiagem que é uma maleta de um material brilhoso bem parecido com a embalagem deste perfume que é agora borrifado em seu pulso e seu pescoço e também pelo seu vestido preto elegante para assim disfarçar no tecido o cheiro impregnado daqueles sachês de produtos antimofo que ela é obrigada a espalhar no inverno tanto pelo armário quanto em sua cômoda de estilo provençal dentro de onde ela em seguida encontra fronhas e toalhas e lençóis e uma dúzia de medicamentos controlados cujas caixas lacradas ela por descuido amassa ao fechar atabalhoada a gaveta e por fim deduzir ao também não localizar a maleta debaixo de sua cama que a maquiagem deve estar provavelmente ou na sala ou no lavabo ou na cozinha se é que ela não carregou de manhã para o carro pois ela não se lembra ou ela nem se esforça em lembrar e ela enfim se enrola de volta na toalha para tampar os seios ainda sem sutiã e então abre a porta do quarto andando em direção à entrada da cozinha logo o encontrando em pé à frente da torneira lavando as panelas e os pratos e enxaguando o liquidificador antes de organizar os copos e talheres no escorredor e secar a pia dupla e a bancada com um rodinho plástico naquele movimento típico de tarefa doméstica automática feita sem nenhum prazer a não ser a satisfação em realimentar uma neurose de limpeza que ela ali no momento despreza porque afinal mesmo a demorazinha mínima para ele reconhecer a presença de uma pessoa no corredor ao lado já instala nela uma desconfiança pegajosa de quem o encara como um sujeito sórdido e desconhecido e isso até o limite de estourar um princípio de pânico cujo efeito mais imediato é fazê-la se sentir um cachorro abandonado que à distância examina nele os cortes e os riscos e os ferimentos e todos aqueles hematomas espalhados pelos ombros e pela lombar e pelos braços que no conjunto produzem no ambiente uma impressão cáustica dele ter um corpo grande demais para este apartamento já que o apartamento não é lá muito maior que uma quitinete como são esses condomínios recém-construídos nos quais a sala e a cozinha são apenas separados por um balcão de padrão americano ou por uma parede ínfima de gesso e há aqui um lavabo e uma área e uma despensa e a ventilação se dá quando se dá pela sacada rodeada de parapeitos de vidro com vista para uma rua que não é mais tão movimentada desde o fatídico dia em que a superintendência de trânsito municipal redistribuiu a circulação de veículos a pedido de um supermercado chique onde eles por coincidência coletam esta sacola plástica enfim usada por ele para descartar o resto de comida acumulado na rede de proteção da pia bem no instante no qual eles dois se olham e eles não se falam e ela por um instinto de defesa se desconcentra observando os móveis um segundo antes de se surpreender por ele permanecer sem camisa sem sapatos em uma aparência descontraída que termina por azedar de vez a situação que é obviamente constrangedora e se estenderia por tempo demais não fosse o impulso dela se antecipar e não cedendo à vontade de iniciar uma confusão se postar andando de um lado para o outro da sala na procura inútil pela maldita caixinha que não é encontrada nem no aparador nem debaixo das almofadas ou tampouco na estante contra a qual ela esbarra depois de parar para rever uma foto antiga de quando ela ainda não era tão próxima da grande amiga do trabalho e nem se mortificava ao se deparar com a certeza de que apesar de todo o trauma vivido ela teria sim um filho com esse seu marido namorado se se descobrisse grávida agora porque assim seria o jeito para ela manter um vínculo duradouro e não ser obrigada a renunciar ao vício reconfortante de ouvi-lo arrumar a cozinha e pôr uma chaleira no fogão para esquentar a água de um café cujo sabor no entanto vai necessariamente ser amargo pois eles dois se esqueceram de comprar tanto açúcar quanto adoçante na última ida ao supermercado que se ela não se engana foi bem na quarta-feira da semana passada após uma tarde terrível na qual ela precisou entrevistar dezenove candidatos para um estágio bastante mal remunerado não se decidindo por nenhum deles e sim por um universitário que a despeito do sistema de recrutamento contratado pelo gerente regional machista de merda apareceu entre os oito concorrentes do dia seguinte somente através da indicação de um ex-colega de faculdade por quem ela aliás continuaria apaixonada se ele não tivesse se assumido gay durante o velório de certo professor bastante conhecido por ter em sala uns rompantes de imaginação não muito diferentes deste devaneio no qual ela se pergunta também se seu marido namorado se masturbava nu na frente de homens e de crianças ou apenas de mulheres e se ele se divertia e se foi a primeira vez pois é claro não deve ter sido e ela não entende e ela não vai conseguir nunca entender o porquê e o quando e os lugares e nem o que pode vir adiante como se para ela não pudesse nunca existir um futuro possível e sim ele desde sempre ele que acabando de retirar a chaleira do fogo passa uma esponja pelas bocas metálicas do fogão e amontoa as sujeiras na borda com um pano úmido empurrando as crostas de gordura queimada para uma folha de papel-toalha para só aí filtrar a água pelo filtro de papel e servir uma xícara solitária sem notar o quão aérea ela está ao eternamente procurar pela maleta de maquiagem dentro dos armários e na sacada e na estante e de novo por debaixo das almofadas desta vez largando os quatro pequenos travesseiros atrás do sofá onde ela gostaria de se sentar e descansar ao invés de permanecer em pé ociosa mastigando a pressa que volta a ser um problema quando ela alisa o pulso em que deveria estar seu relógio e se recrimina por não poder mais acompanhar o horário daí se tragando em uma série de conjecturas malucas para pelo menos tentar adivinhar o que o levou a confessar a cena do ônibus se no final das contas para se proteger ele poderia ter mentido e inventado uma aventura qualquer sobre briga ou acidente ou assalto e essa ficção já seria muito suficiente para ela não questionar nem se pegar acreditando como ela no momento acredita que o objetivo dele com essa confusão toda é na verdade ser punido e com esse castigo forçá-la a se colocar na posição desconfortável de ser mãe de um homem adulto não interessa o quanto ela recuse o papel porque ela sem dúvida recusa e ela vai seguir sempre recusando mesmo se o preço por esta decisão for passar a vida inteira solteira no que é ali para ela um destino talvez até desejável à medida que sua garganta resseca com uma sede abrupta que a faz se deter por um minuto em frente ao purificador de água e encher um copo logo descartado pela metade na pia em um capricho tão infantil de sujar o que acabou de ser limpo que ela própria se repreende e mal disfarça seu desalento ao vê-lo carregar a xícara de café e ir se entocar na sacada se trancando atrás de uma porta de vidro que o impede de escutar o movimento dela pela sala e o telefone toca e de repente ela está furiosa achando que não vai poder nunca de fato se livrar deste marido namorado que provavelmente também fumou um cigarro agora há pouco na área de serviço pois afinal a despensa e a lavanderia estão ainda com aquele cheiro empesteado de quando alguém pulveriza perfume por todos os lados e desperdiça o estoque inteiro de produtos de limpeza a ponto de quase esvaziar este tubo no qual ela tropeça na passagem da cozinha para o lavabo lá se surpreendendo não só por descobrir as roupas sujas de sangue acumuladas em um balde com desinfetante e água sanitária mas também por concluir absorvendo a energia lúgubre do lugar que aquela não é mais sua casa e portanto ela deveria ir embora ao invés de se entorpecer debaixo da luminária da sala se esgotando com a ilusão de acreditar que a presença dela é somente a única garantia da fidelidade de um sujeito para quem ela por medo demorou a contar sobre sua relação distante com o pai biológico só se aprofundando mais no assunto durante uma noite de bebedeira na qual ela terminou vergonhosamente vomitando no corredor deste seu apartamento cuja ventilação mal distribuída a faz transpirar pelas mãos e pelas axilas logo tentando secar seus dedos na toalha enrolada por cima do tronco ao organizar no fundo da estante uns caderninhos roubados da casa da mãe bem no dia em que a filha constatou como a mãe é uma mulher bonita e inteligente e ainda assim a mãe foi abandonada pois toda mãe é abandonada e ela também vai ser se um dia ela por acaso for mãe e superar este trauma para poder voltar a viver quem sabe uma relação normal feito a relação que eles dois costumavam ter quando ela se considerava sim autorizada a planejar viagens e almoços e filhos e talvez no máximo os dois discordassem da ideia de trocar de cidade para ele se aventurar em um emprego supostamente melhor remunerado já que esta alternativa nunca nem considerou o que uma mudança de tal tamanho significaria para a carreira profissional de uma mulher que no momento só quer é esclarecer junto a um advogado quais são os infinitos trâmites necessários para uma separação de bens que precisa vir o mais depressa possível ou ela não vai jamais apagar de si o ranço por não ter tido coragem de perguntar os detalhes da cena porque ela não pergunta e ela não vai perguntar e ela se afasta cautelosa da sacada em uma defesa quase inconsciente que só serve no entanto para aumentar o sufoco pela claustrofobia e abastecer um desânimo por estar ali meio sem roupa de repente até envergonhada com o próprio corpo ao comparar mentalmente suas pernas e sua barriga e seus peitos com a magreza da grande amiga do trabalho com isso enfim reconhecendo o quanto ela tem se ressentido de ciúme em relação ao namorico da colega com o estagiário bonito da contabilidade muito embora ela mesma só tenha se imaginado transando com esse carinha durante uma noite qualquer de carência na qual nem conseguiu se masturbar direito debaixo do chuveiro por causa do receio de ser ouvida pelo seu marido namorado que pelo jeito está acendendo mais um cigarro lá fora na sacada e a faz com malícia pensar em como na verdade não gostaria de vê-lo preso detido ou processado e sim de alguma forma forçá-lo a se sentar pelado diante dela no sofá em uma masturbação frenética para assim talvez incutir na cabeça dele a mensagem de que a única plateia possível e aceitável é somente esta pessoa contra quem no entanto arrebenta uma nova onda de indisposição no exato instante em que ela percebe como não consegue mais ter certeza se enviou ou não o relatório semanal de fornecedores para o gerente regional machista de merda pois esse jantar bagunçou a rotina dos funcionários da loja e é praticamente um milagre ter uma véspera de final de semana em que o expediente não é encerrado tarde da noite quando nos dias anteriores ela perdeu incontáveis horas da vida para conferir item por item de um inventário quase tão exasperante quanto a preguiça com a qual ele fuma a porra do cigarro sem ajudá-la hora nenhuma nem mesmo para dizer que a maleta de maquiagem estava justamente dentro de sua gaveta de calcinhas onde na verdade ela tinha passado apenas o olho ao abrir o armário pela primeira vez e ela logo se vê de novo trancafiada no quarto verificando o estojo de sombras e o rímel e o brilho além da base e do corretivo e em qual estado está aquele jogo de pincéis comprado em uma loja virtual chinesa que garantiu para ela frete grátis e sessenta por cento de desconto graças a uma venda casada na qual ela também adquiriu esta porção de batons que é agora disposta pela cama enquanto ela organiza os cotonetes e o rímel e o blush e ela assim usa os chumaços de algodão para limpar rapidamente o rosto ao mesmo tempo em que ela entra e sai do banheiro para resgatar o relógio de pulso ignorado lá na bancada da pia e se espantar por não ser nem oito e quarenta e cinco de uma noite que é para ela cada vez mais insustentável uma vez que ninguém nunca jamais iria prever este cenário abominável no qual ela chegaria ao cúmulo de se acusar por não o denunciar à polícia enxergando na sua própria afasia um espasmo de piedade que por tê-lo visto ali lavando os pratos e os copos e os talheres insiste em manter uma máscara de tolerância como se os dois ainda pudessem ser um casal sem mágoas sem traumas sem ela se estragar por inteiro dentro do quarto inacreditavelmente determinada em se arrumar e se maquiar e ser o mais cordial possível durante o jantar para poder assim evitar as fofocas e os bêbados e em especial a pressão dos diretores mais antigos que vão sem dúvida nenhuma pedir por uma estratégia mais competitiva ao longo dos próximos trimestres na tão prometida reformulação de sua loja para onde ela felizmente só deve voltar na próxima segunda-feira aí talvez já tendo superado não só o choque de ver o companheiro ensanguentado como também a curiosidade repentina em saber do destino de seu primeiríssimo namorado com quem nunca mais teve qualquer tipo de diálogo depois de tê-lo com raiva bloqueado em todas as redes sociais naquele início de semestre marcado pela distância cada vez maior em relação ao padrasto e aí à medida que pensa na mãe é mesmo impressionante como de repente para ela a palavra cansaço é a palavra que mais se repete em sua cabeça durante o minutinho em que ela espalha sua maquiagem em blocos agrupados pela cama para no fim notar não só um excessivo número de batons fora da validade como também a condição de seu rímel que está já quase seco e estragado no que é de fato uma situação incomum para os produtos desta marca bem famosa da qual ela compra com relativa frequência um lápis delineador que deveria estar na maleta e no entanto não está e ela assim de imediato experimenta um sentimento de terror por não querer retornar à sala pois ela nem sequer engoliu a indignação e foi à tarde e em público e em um ônibus e ela portanto verifica obsessivamente o material de maquiagem distribuído pela superfície da cama até confirmar para sua infelicidade que o lápis não está nem na maleta nem na pia ou tampouco por acaso nas estantes de seu guarda-roupa onde aliás por um total automatismo ela apanha o frasco niquelado de seu perfume preferido e borrifa a fragrância pela segunda vez nos próprios pulsos antes de revistar de novo o banheiro e se ajoelhar à beira da cama quase que assumindo em definitivo que ela não entende e ela não vai nunca entender já que em sua concepção se masturbar vai ser sempre de preferência um ato somente seu solitário como em geral tem sido desde aquela primeira ocasião quando ela era adolescente e prendeu um travesseiro entre as pernas mesmo morrendo de medo do padrasto descobrir mais tarde por causa do cheiro ou da pele ou talvez até por um suposto jeito curioso de andar que havia sido incorporado por sua nova maturidade uma vez que esta sua nova maturidade era tão diferente da criancice de seus antigos colegas de colégio que ainda viviam bem impressionados pela revista de sexo explícito na qual um bombeiro envergava um pau cuja grandeza superava em muitos centímetros o pau de seu marido namorado e isso apesar dele nem ser nenhum maldotado a ponto de fazê-la perder o tesão igual ela sim perdia nos encontros mecânicos com o segundo namorado que por burrice ou egoísmo era incapaz de compreender como nos projetos dela não se encaixava a ideia de simplesmente ser um espelho para ele e ele sumiu e eles terminaram e ela agora sonha com férias antecipadas mas é sempre bem difícil abstrair aquele medinho de se afastar do trabalho até porque o trabalho é esta complicação e ela então revira a maleta de cabeça para baixo já entediada por se ajoelhar pela centésima vez daí logo se levantando para tatear por detrás da cama e do travesseiro onde encontra o telefone e vê que além de várias notificações pelas nove chamadas perdidas do gerente regional machista de merda ela recebeu duas mensagens repetidas de texto avisando sobre outro adiamento do jantar sendo que desta vez o evento vai de nove para nove e meia e está de novo agendado para o restaurante mexicano pois este restaurante é um restaurante bastante bem articulado e deve ter lá oferecido uma excelente barganha na reserva para não perder o cliente conforme é prática corriqueira neste meio de negócios não importa qual crise exista se é que de fato pode se falar em uma recessão econômica durante um mês no qual a maioria absoluta das empresas da cidade marcam suas festas todas caras para os funcionários poderem comer e dançar e beber e chega a ser perturbador para ela tentar prever por quantos anos mais aguenta participar deste estilo ardiloso de jantar se em muitos dias da semana não sabe nem se ela é adequada para este seu trabalho ainda que ele consista basicamente em servir pessoas e monitorar estoque nunca nem se aproximando do grande e magnífico propósito humanitário que seu marido namorado alega promover com a produção de todos estes remédios esquecidos ali pela última gaveta da cômoda onde por acaso debaixo de um lençol está o tal cardigã verde com o qual ela enfim se cobre ao vestir o sutiã e se livrar da toalha e pendurar o pano molhado na cabeceira de sua cama com isso se permitindo o prazer de quebrar uma das várias regras da casa enquanto segue a procura pelo lápis delineador e recorda a tarde em que a mãe tentou sem êxito ensiná-la a se maquiar explicando o uso de cada pincel e de cada batom e até a quantidade perfeita de corretivo a se espalhar se o que se pretende é uma aparência com aspecto natural como é a maquiagem característica do rosto da mãe para quem ela é claro gostaria de ligar e contar e chorar e desabafar mas ela não liga e ela não chora e ela não chora porque ainda é incapaz de assumir o tamanho de sua carência desde o início da noite quando ele contou a loucura que ele contou e ela assim emudeceu trancada dentro de um pensamento obsessivo que vai e vai e vai e do nada volta para o quando ou o lugar ou o porquê e toda esta angústia que é enfrentada sem contudo nenhuma perspectiva de conclusão uma vez que entender é também abandonar e ela não quer ou ela não consegue e ela portanto olha as unhas e ela olha a maleta e é evidente como o algodão não vai durar até a próxima semana já que na próxima semana ela já tem marcado um evento de confraternização além do aniversário de sua grande amiga do trabalho que por sinal envia finalmente uma mensagenzinha perguntando como estão as coisas e se ela também não está estressada com os muitos atrasos inexplicáveis do jantar que vai ser mesmo naquele restaurante mexicano no qual as duas almoçaram quatro ou cinco meses atrás para discutir um assunto que ela nem lembra qual foi ao navegar sem interesse por vários portais de notícias e entretenimento e depois ligar a televisão a fim de ter uma companhia e assistir daí a vendedora de mão longa macia de dedos compridos anunciando um fino bracelete cravejado de ouro branco para combinar com um conjunto especial de dois anéis talhados à mão naquele tipo de oferta insuperável na qual ambos são vendidos por um preço bastante mais atraente caso os incríveis telespectadores telefonem nos próximos quinze minutos como se todo mundo no mundo não soubesse que ninguém liga em um período tão curto de tempo e ela então muda de canal e é um jornal e outro jornal e um futebol e na sequência por alguns segundos os contornos de uma cadelinha de pelo escuro até aparecer a propaganda ridiculamente amadora de uma lanchonete árabe onde apesar da superlotação eles dois costumavam dar uma passada para comer esfiha ou tabule ou quibe cru se já não estivessem empanzinados de comer pipoca com refrigerante no cinema ao voltarem andando para este apartamento que pelo menos desfruta do benefício de ser localizado em um bairro arborizado que é agora muito mais tranquilo em função da tão comentada redistribuição do tráfego cujo manejo se deu para o movimento de acesso se concentrar pelas vias laterais e não por sua rua que é hoje com suavidade compartilhada pelos vários carros dos moradores e por alguns automóveis estacionados ao longo do meio-fio para seus donos poderem passear despreocupados por todas as lojas de uma avenida principal que termina bem diante de uma pequena praça de esportes na qual seu marido namorado pedalando uma daquelas bicicletinhas de aluguel sofreu uma queda muito mal explicada semanas atrás à época também se recusando a procurar por atendimento médico no que obviamente a faz suspeitar se não existiria uma conexão entre os dois problemas ou se não é tudo uma mentira porque não é possível e ela não acredita e ela não acredita simplesmente porque é desesperador demais admitir o quanto a suposta pessoa normal com quem você convive pode ser incontrolável e falsa e perversa ou mesmo criminosa e o telefone toca e evitando atender ela desliga a televisão aí por acaso descobrindo o seu lápis delineador meio que camuflado junto ao suporte do aparelho quase como um graveto todo escuro e queimado que ela enfim posiciona ali ao lado do rímel e do blush e dos batons conforme recompõe seu humor e se vê de repente animada com o quanto aquele volume de maquiagem todo espalhado pela superfície do colchão dá a ela certo significado de posse no que pelo menos é entretenimento suficiente para criar nela uma breve esperança de talvez um dia se esquecer do pesadelo de seu marido namorado que é um risco e um estorvo e um covarde e é também a porra de uma sombra diante da qual ela se entrega simultaneamente sentindo tanto medo e nojo quanto apego e interesse quando antes ela nem precisava ter de classificar nestes termos pois antes ele era ele e sendo ele era o bastante para essa mulher que não à toa vê seu desconforto físico se acumular à altura do diafragma onde ela com muito desprezo arrasta os dedos suados logo esfregando também a mão esquerda pelo pescoço e pela nuca após um acesso de tosse no qual sua garganta começa a coçar até a coceira desaparecer toda misteriosa no momento em que ela resoluta descarta o tal cardigã verde para poder vestir o vestido preto elegante que para seu desgosto não se assenta mais assim tão bem-feito em seu corpo apesar de ainda modelar seu quadril de um jeito bonito que a faz por ora se contentar consigo mesma e ela então preparada para se maquiar destranca por costume a porta do quarto e ao olhar os ponteiros do relógio de pulso quase solta uma gargalhada ridícula por agora sobrar um tempo de folga para se arrumar já que para a casa de massas não se demora nem sequer dez minutos para chegar e estacionar e se retocar e ela na verdade está em dúvida entre duas cores de batom embora saiba que no fim ela provavelmente vai escolher este batom cor de bronze que é aliás destacado do resto do material de maquiagem enquanto ela tenta se aplicar corretivo debaixo dos olhos mas se distrai meio enjoada sem entender ainda direito se precisa mesmo expor essa droga de história do ônibus para a grande amiga do trabalho cuja nova recente mensagem já demonstra pelo texto truncado ou um princípio de bebedeira ou talvez uma ondinha leve de maconha que ela por sinal adoraria compartilhar se com isso pudesse relaxar os músculos tão violentamente tensos dos ombros e da nuca e das omoplatas uma vez que suas costas seguem duras e enrijecidas à medida que ela se levanta para esticar o corpo estalando toda ruidosa o pescoço e também os pulsos e os dedos e os tornozelos e ela não consegue suportar mais do que um minuto em pé logo de imediato se sentando ao ouvir o telefone tocar e o telefone toca e ela desliga o telefone e ela está estranhamente convicta de que o jantar será sim um pequeno êxito se as conversas conseguirem se manter sendo sobre os clientes e vendas e expectativas e não uma coleção de fuxicos a respeito de quem fudeu quem ou de quem possui as maiores chances de ser despedido até porque se parar para pensar ela própria se sabotou ao não atender as onze ligações do gerente regional machista de merda mesmo suspeitando que a demanda dele vai ser no máximo o relatório semanal de fornecedores ou talvez discorrer sobre as luminárias e aquele impasse contra o qual ela vai continuar a se opor enquanto a empresa não oferecer uma condição mais favorável de troca pois são vários e vários dias de negociação e o grande resultado da bagunça até agora é ela ali em pé se dando conta do quanto vem se alimentando mal durante toda esta última semana só permanecendo de fato sem fome só por causa desta crise emocional que piora sem descanso a cada vez que ela rumina o pensamento para tentar descobrir aquele momento ignorado lá atrás quando ela deveria ter percebido e não percebeu e ela não percebe e por não ter percebido é que ela no fim reúne uma lista dispersa de suposições chegando inclusive a desconfiar se a questão dela ganhar um salário melhor do que o dele não teria algum tipo de influência ou pelo menos ser uma fonte psicológica de pressão no que aliás se assim o fosse iria somente confirmar a previsão que tinha sido há muito tempo anunciada pela grande amiga do trabalho com quem na saída do expediente antes de voltar para casa ela costuma comer um lanchinho às vezes sendo obrigada a pacientemente escutar uns relatos tristes sobre assalto e roubo e latrocínio pois a grande amiga do trabalho ainda nem de perto conseguiu superar o trauma do acontecido com a cunhada que por coincidência também trabalhava em uma farmácia de manipulação e calhou de dividir umas disciplinas de química na faculdade com este seu marido namorado cuja empáfia é tanta que ele agora nem finge qualquer tipo de surpresa ao encontrar a porta do quarto destrancada como se o livre acesso de circulação pelo apartamento continuasse sendo um direito dele e ele portanto abre a porta e ele entra no quarto e ele carrega consigo uma toalha felpuda pendurada no ombro aparentemente planejando ir ao chuveiro para tomar um banho de verdade até estacionar debaixo da lâmpada quase que à espera de uma autorização que ela desta vez por piedade concederia se observando o volume no tecido maleável da calça verde dele não estivesse desconcertada pela impressão de que o pau do marido namorado está bastante duro no que felizmente não se confirma quando ele muda a perna de apoio da esquerda para a direita e ela se espanta com a extensão disforme dos hematomas do tronco para não falar de todos aqueles inchaços ao redor do nariz e dos olhos que afinal formam uma imagem grotesca e a fazem abafar dentro de si o quão encurralada ela se sente ao enxergar de tão perto tamanha quantidade de cortes e arranhões além daquela mão esquerda dele muito lacerada mais as várias feridas que aparecem no peito e nos braços e por pouco não desfiguram o corpo com o qual ela ontem no colchão se esquentou e que hoje na sua fraqueza parece ter perdido o funcionamento normal a ponto de se apoiar somente em uma postura dolorosamente curvada diante da qual ela não possui a menor noção de como reagir uma vez que o silêncio também agride e os dois não se falam e eles mal se olham e ela continua sentada imóvel na cama avaliando suas panturrilhas por debaixo da meia-calça sem dúvida preocupada se no restaurante ela vai conseguir se sentar o mais distante possível do gerente regional machista de merda mesmo que para tanto seja preciso arrastar uma cadeira para bem próximo da diretora de comunicação que é uma mulher mais velha muito bonita e prestativa com quem ela no entanto tem um verdadeiro horror de se relacionar por identificá-la com as piores características de sua própria mãe cuja genética ruim aliás é que deve ter dado para ela essas varizes avermelhadas das pernas por onde ela esfrega as mãos ainda meio atônita por não acreditar que seu marido namorado não teve a mínima decência de abrir a boca e está agora fechado lá dentro do banheiro ligando a porcaria do chuveiro enquanto que ela sozinha de novo no quarto se indaga o quão contraditório pode ser um homem que se masturba em um ônibus mas mantém a mania infantil de esperar do lado de fora do boxe até a água aquecer a uma temperatura amena como ele certamente deve estar esperando já que o barulho vindo por detrás da porta é aquele zumbido inconfundível de água escorrendo pelo chão no que só embaralha mais sua cabeça no dilema de não saber se ela prefere conversar ou se sua vontade não é de fato correr de sua casa em direção à polícia assim talvez se desvencilhando de toda a lembrança das inúmeras ocasiões em que os dois tomaram banho juntos ao chegarem bêbados de uma festa às vezes por compulsão transando em pé para depois dormirem levemente molhados nesta cama na qual ela desperdiça um tempo reparando nas manchas de suor do lençol antes de decidir que o primeiro passo além de redecorar os móveis é começar a comprar plantas e flores para o apartamento nem que seja para dar um coloridozinho no lugar e retirar do ambiente este peso que é cada vez mais semelhante a uma doença à medida que ela se debate para se convencer de que ir embora não é uma solução covarde e ela espirra e ela se ajeita e é já em pé em frente ao armário onde com certeza escolheria dois brincos pretos com detalhes esverdeados quando ela enfim admite o quanto não faz mais nenhum sentido os dois dividirem o apartamento uma vez que se manter no quarto ouvindo o marido namorado tomar banho lá dentro do banheiro traz somente um sentimento interminável de medo que se espalha mesmo depois dela calçar as sandálias de salto alto e abrir uma de suas minibolsas penduradas atrás da porta para reaver seus documentos e as chaves de casa e do carro e ela logo se encontra no corredor do lado de fora do apartamento sem nem esperar o elevador se abrir pois já está empurrando a porta corta-fogo da escada para se deparar com uma saleta escura que apesar de toda sua movimentação de corpo demora bastante para ter a luz acesa pois o sensor automático é daquele tipo de equipamento que ninguém entende como nunca foi substituído durante as muitas reformas do prédio ainda mais se se considerar como as taxas de condomínio são constantemente inflacionadas sob a alegação de não se obter caixa suficiente para pagar os salários dos porteiros e de um zelador que por desleixo esqueceu ali um balde vazio contra o qual ela quase se choca ao descer para o andar de baixo e constatar como na verdade está muito distante de sentir o alívio que ela imaginava sentir pois sua emoção está tendendo bem mais para um conformismo que degrau a degrau até se esforça em ressoar como uma promessa de leveza mas não demora e é também um sintoma da fadiga que a faz vacilar por um segundo antes de outro lance de escada quando ela se vê à porta do quinto andar prestes a lamentar seu sedentarismo e enxugar o suor nas mãos não fosse o barulho mecânico do elevador que pelo susto a empurra de novo prédio abaixo e lá está ela descendo pela escada sem saber como afastar de si a certeza de que qualquer pessoa em sua frente vai poder descobrir o acontecido através de um anúncio luminoso neste seu rosto que maquiado pela metade deve estar já um caos até porque sua própria pálpebra começa a latejar com a dúvida de não saber aonde ir já que ela de nervoso até se esquece do endereço do jantar só se lembrando apenas de um trecho da mensagem que falava sobre a avenida perimetral por causa da coincidência de ter sido justamente esta a maravilhosa avenida em que ele disse estar na hora em que cometeu a atrocidade que cometeu e ela assim segue cambaleante por todos aqueles degraus à beira de um desespero sem conseguir nem de perto se recuperar da crise porque afinal de contas é no mínimo humilhante aceitar que depois de toda essa merda seu marido namorado vai ficar lá apenas tomando banho sem talvez nem reparar que ela saiu do apartamento e está cruzando o limite do terceiro andar bastante determinada em não satisfazer aquele clichê de se abrigar na casa da mãe quando esta atitude além de ser a reação que ele mais espera seria somente mais um jeito de se prejudicar quase que regredindo para o comecinho de uma vida adulta na qual era comum uma sensação encarniçada de não ser levada nada a sério pela mãe e pelo padrasto nem muito menos pelo tal primeiríssimo namorado que era um sujeito oito anos mais velho e se esforçava para criticá-la em qualquer tipo de assunto indo de sugestões recorrentes sobre alimentação e dieta e exercício até as muitas reclamações sobre compras e gastos e roupas ou mesmo a tatuagem discreta que ela planejava fazer nesse seu pescoço já muito suado por causa da caminhada desajeitada por cima das sandálias de salto alto enquanto ela repetidamente se lamenta sobre como é triste decidir um futuro de uma hora para outra levando em consideração que retornar para seu apartamento parece ser uma alternativa tão complicada quanto pedir a ele que saia pois esta conversa vai envolver certas neuroses com as quais ela não está nem um pouco disposta a lidar a começar pela contradição de querer ir embora ao mesmo tempo em que ela quer passar a noite inteira bem ao lado dele para assim evitar mudanças e com isso jamais se permitir a confissão de que esta história é na verdade uma história toda a respeito de controle e portanto se existe o desamparo é porque o vazio causado pela perda do que já está estabelecido talvez seja mais intenso que o sofrimento pela decepção e ela agora se detém mais um segundinho no miolo da escada diante da surpresa que é enxergar dentro de si como na prática ela mesma não teria tanta resistência moral em se masturbar na frente de um público desconhecido sendo que isso nem é a questão central e daí em segundos ela já se imagina no meio de várias pessoas peladas e se recorda também de uma madrugada na qual eles dois transaram bem aqui nos degraus do segundo para o primeiro andar onde ela enfim aceita o fracasso dos curativos colados nos pés ao retirar suas sandálias de salto alto e quase que derrubando os calçados no chão carregá-los durante os últimos lances de escada em direção ao subsolo até atravessar a sonhada porta metálica e avistar seu carro estacionado ali na entrada de uma garagem realmente vazia para o horário pois é uma sexta-feira à noite e a maioria dos moradores jovens do prédio deve estar no mínimo frequentando algum happy hour nos bares e restaurantes da avenida perimetral que é o destino para onde ela acredita que precisa ir quando tenta se lembrar do endereço do jantar antes de se maldizer por não conseguir sequer destravar o alarme de segurança do veículo uma vez que ela pressiona o botão de cima do controle ao invés de pressionar o botão menor na base do aparelho no que infelizmente faz disparar este apito absurdo que repercute pelas paredes do lugar enquanto ela não aperta a tecla correta e vê afinal o farol dianteiro piscar dois feixes de alerta assim indicando a liberação da porta que ela abre com um puxão brusco na maçaneta para se sentar toda torta no banco do motorista e em seguida girar meia volta da chave na ignição acionando o ar-condicionado na potência máxima à espera do vento gelado que apesar de ser fantástico para abaixar a temperatura de seu corpo não impede a impressão desagradável de que o automóvel exala também o cheiro de seu marido namorado por causa dos resíduos químicos impregnados no jaleco que ele esqueceu dentro de uma sacolinha ali naquele banco de trás todo bagunçado por um acúmulo de várias pastas contendo uma resma de papéis e documentos descartáveis além de sua agenda na qual ela deveria ter anotado as datas certas para a revisão do veículo pois agora não vai mais poder ter o auxílio dele e talvez seja melhor inclusive mudar de oficina para evitar as perguntas daquele mecânico que se acha praticamente um amigão da família e sempre conversa com seu marido namorado como se ela não soubesse que o óleo do motor deve ser trocado a cada dez mil quilômetros porque ela sabe e sabe muito bem pois é evidente ali na garagem como o carro dela é o mais conservado na comparação com os carros dos vizinhos talvez em função de sua rotina que em geral se resume a ir e voltar da loja atravessando a pista expressa e as avenidas doze e treze até a descida para o centro histórico onde desde o ano passado ela estaciona seu carro em um estacionamento privado para não ter que passar de novo pelo transtorno de ter o porta-luvas furtado como aconteceu durante o carnaval quando levaram até o controle de abertura da garagem que ela procura e não encontra e não encontra na verdade por estar olhando no lugar errado à medida que sua cabeça começa a sofrer de uma leve tontura que a faz parar e respirar e ela respira e ela se acalma e ela diminui o ar-condicionado pois já está com frio e seus pelinhos do antebraço estão todos arrepiados no momento em que ela se estica para consertar a posição do retrovisor do passageiro como se não tivesse realizado o mesmíssimo procedimento hoje pela manhã ao sair de casa e dirigir para a loja sem saber que de noite seria este inferno no qual sua principal vontade é apenas gritar e espernear mas ela não grita e ela não chora e ela realmente se sente culpada por não chorar embora não aceite sua suposta obrigação ao melodrama e então tendo localizado o controle sumido no console do painel ela espera o portão de ferro da garagem se erguer e se pergunta se não seria interessante ele encarar uma avaliação psicológica talvez até se internando em uma clínica de reabilitação para frequentar uma terapia de grupo e ver se ele consegue se entender e tratar a doença pois deve ser sim uma doença e não dá nem para saber se ele tinha consciência e controle do que estava acontecendo no ônibus quando abriu o zíper da calça já que mesmo dentro do apartamento ele parecia desorientado e apático e é este raciocínio que a segura por um segundo antes dela reconhecer o quanto está tentando se atrasar ao quase nem pressionar o pé direito no pedal do acelerador assim guiando seu carro para fora da garagem em uma velocidade bastante reduzida no que pelo menos a protege de ter um primeiro acidente ainda na saída do condomínio quando ela quase atropela uma senhora que aparentemente muito preocupada em brigar com a neta nem repara no automóvel subindo a rampa e depois dobrando a curva para pegar a rua número oito e com isso fugir do trânsito mais complicado em frente ao supermercado apesar dela saber que por este caminho vai ser obrigada a contornar a avenida oceânica inteira para não passar bem diante da casa da mãe se é que esta não é a sua verdadeira intenção uma vez que ela não consegue mais não pensar na mãe e o que a mãe faria e o que a mãe diria e o que a mãe está por acaso fazendo em uma sexta-feira à noite agora que a mãe não participa mais daquele clube de leitura do qual ela também participou até desistir no terceiro encontro por não ter como manter aquele volume de livros tendo no pé o gerente regional machista de merda com quem ela deveria ter uma discussão muito séria ao chegar no jantar não só pelo excesso de ligações no decorrer da noite mas também por toda a chateação do último trimestre quando ela passou a ser implicitamente desautorizada nas suas decisões por ele achar que corria o risco de perder a autoridade sobre os funcionários e ela enfim acelera mais o carro para aproveitar a pista livre e entrar primeiro na rotatória mesmo sabendo que após a curva vai ser obrigada a reduzir por causa de um radar cujo flash luminoso acaba de disparar para o carro lá na sua frente num clarão que a deixa ainda mais apreensiva com medo de receber uma multa por excesso de velocidade já que o dinheiro anda curto e vai ficar tudo muito mais restrito depois dele deixar o apartamento e ela do nada não ter mais ninguém para dividir as contas só evidenciando o quanto ela nunca se preparou para as emergências e é uma emergência e ela está tratando tudo da pior maneira possível sem nem ter certeza mais se o tal do jantar vai ser no restaurante mexicano ou na casa de massas a duas quadras da avenida perimetral para onde ela segue tomada pela intuição de que entre tantas mudanças e atrasos a empresa vai no final se decidir pela comida mais barata como aliás qualquer pessoa um pouco mais sensata faria se não quisesse terminar dezembro igual terminou seu marido namorado que no ano anterior precisou pedir dinheiro emprestado para a mãe e vai agora encontrar a casa vazia enquanto ela limpa do rosto o suor e as sobras do corretivo que ela até tinha começado a aplicar antes de abandonar sua maquiagem pela metade e sair de casa do jeito que ela saiu apenas carregando seus documentos e as chaves de casa e do carro no que na realidade foi uma tremenda de uma bobagem já que a ausência do telefone a deixa ainda mais ansiosa e sem o gps ela erra o caminho ao dobrar na saída dezessete e não na dezoito indo parar por isso em um bairro grã-fino no qual ela não entra desde o dia curioso em que decidiu comprar certo presente erótico para a grande amiga do trabalho apesar dela mesma nunca ter tido essa disposição de comprar para si o aparelho sob a alegação de que sua vida sexual já estava bem satisfatória pois eles transavam bastante bem e ela gozava e ele chupava e o sexo de fato nunca pareceu ser uma questão problemática ao contrário de por exemplo a dificuldade em estabelecer uma rotina conjunta com os dois nunca organizando entre eles os dias de folga e as férias e os finais de semana e ela logo se depara com o retorno para conseguir sair da região quase que se sentindo alegre por não ter que se demorar no meio daqueles casarões opulentos de gente esnobe que chega em sua loja e destrata qualquer funcionário só porque o produto não está disponível na cor e no tamanho que a pessoa deseja como aconteceu não faz nem três dias com uma funcionária para quem ela deveria encomendar um buquê de flores e um cartão e ver se desta forma não melhora o ânimo da menina uma vez que essa menina é uma menina atenciosa e esforçada e merece ter todo o suporte emocional que ela justamente não teve ao começar na função de gerência e ela é subgerente e ela hoje se questiona parada no semáforo se não seria o caso de pedir demissão e se arriscar em novas atividades talvez até prestando um concurso público só para contradizer a expectativa de seu marido namorado que embora de repente tenha se tornado uma pessoa irreconhecível não deve ter sido tão indolente a ponto de nem sequer telefonar para ela ao terminar seu banho mesmo porque ele vai estranhar a porta da sala aberta e o apartamento vazio e ela distante e isso deveria ser um alívio mas não é e não é porque ela sabe terrivelmente bem que sua saída teatral foi também um jeito de mendigar por atenção para ela poder se enganar mais um pouco e não ter que aceitar que o maior problema no fundo nunca foi ele ter se masturbado dentro de um ônibus e sim o detalhe dele ter sido visto e denunciado por uma outra mulher e ela então suspira e ela engata a marcha e ela retoma a aceleração do carro através da avenida quatorze quando uma hora dessas ela já deveria estar era se aproximando do local do jantar lá na avenida perimetral e não diante da entrada lateral para o centro histórico onde ela é de novo obrigada a reduzir a velocidade por causa de uns pedestres atravessando a rua bem na frente de um shopping center no qual por acaso existe uma filial da maior farmácia de manipulação concorrente da dele que com certeza não iria compreender o porquê dela se sentir agora mais leve e mais protegida sem nem se interessar em saber se ele está fumando um cigarro na sacada ou na sala ou se ele vai ligar a televisão e do nada decidir que a vendedora de mão longa macia de dedos compridos está vendendo a bijuteria perfeita para ser o presente de uma futura namorada já que esta relação atual realmente acabou e não vai voltar e sua concentração neste momento é toda direcionada para o trânsito porque além dos vários pedestres e dos semáforos fechados pelo caminho ela logo se descobre presa em um pequeno congestionamento provocado pela queda de um motoqueiro como aliás é muito comum nesta rua graças a um trabalho malfeito da prefeitura que sempre utiliza um material de péssima qualidade nas reformas e volta e meia precisa recapear o asfalto da região por ele estar sempre esburacado e derrubando os desavisados feito este homem cujo corpo machucado ela ainda avista de longe por estar no finalzinho de uma fila dupla puxada a partir de uma ambulância que estacionada lá adiante faz os motoristas praticamente pararem os carros no meio da pista para investigar a violência do acidente e assim descobrir se existem feridos ou se os prejuízos são graves ou a aparência dos envolvidos e nisso nem importa a presença de um guardinha que sem a menor chance de sucesso tenta reestabelecer o fluxo de veículos enquanto dois socorristas de macacão preto atendem a vítima que pelo jeito fraturou algum osso porque ele está tendo o braço imobilizado por uma tala ao redor da qual um dos paramédicos enrola uma quantidade obscena de esparadrapo para depois falar alguma coisa com o outro profissional que está aparentemente anotando a ocorrência do caso em uma prancheta escura naquele estilo homenzarrão tal qual um professor de ginástica por quem ela já foi apaixonada durante uma adolescência na qual ela de fato acreditava no quanto seria impossível dirigir uma vez que sua coordenação motora só poderia mesmo ser incompatível com essa sequência atordoante de embreagem e marcha e aceleração e ela continua pressionando sem perceber o pedal do freio ao invés de puxar o freio de mão do carro e logo admitir que vai demorar a sair dali pois a fila do seu lado simplesmente não anda nem quando o fiscal do trânsito se estressa de tanto gesticular e ele apita e ele ordena e é quase como se este barulho fosse o alarme necessário para ela poder se mexer e ligar o rádio do próprio carro saindo daquela letargia com uma música antiga bem animada que ela inclusive cantaria se não estivesse muito atenta ao retrovisor para tentar encontrar uma brecha para manobrar o veículo e trocar de pista no que por sorte acontece mas não do jeito que ela esperava e então sem espaço para dar ré e consertar o estrago ela termina com seu carro atravessado por entre as duas faixas logo ouvindo de trás uma buzina tão injusta quanto o apito do guardinha que de repente parece notá-la apesar de continuar imóvel durante todo o tempo que ela leva ajeitando o carro na pista até avançar alguns metros antes de trocar a estação do rádio e ouvir uma música sertaneja cuja letra falando justamente sobre revidar traição parece a ela uma idiotice pois basta refletir por um segundo e ela já se encolhe no banco quase que desabando de novo naquela mistura de raiva e tristeza e frustração à medida que ela se aproxima da ambulância e vê que o acidente na verdade não foi tão grave assim apesar da cara de dor do sujeito que acaba de se levantar e com o braço enfaixado conversa com os socorristas enquanto ela ultrapassa o engarrafamento e segue dirigindo por uma avenida dezesseis finalmente livre e agradável com seus prédios residenciais brotando por entre as lojas de roupa em um cenário no qual as marquises apagadas convivem ao lado de apartamentos iluminados para onde ela olha com certo ressentimento por pensar que embora cada pessoa enfrente seu próprio amontoado de merdas e tragédias não deve ter ali nenhuma mulher preocupada com o fato de seu marido namorado se masturbar dentro de um ônibus muito parecido a este do lado dela que roda vazio indo para a garagem e a faz reparar como ficar em silêncio seria também um prazer não fosse a dúvida atordoante sobre contar ou não do caso para a grande amiga do trabalho que após a separação dos dois pombinhos vai com certeza incentivá-la a baixar todo tipo de aplicativo de namoro além de arrastá-la para qualquer churrasco ou feijoada no que a princípio pode ser uma boa ideia desde que ela consiga renegociar seus horários de entrada com o gerente machista de merda não tendo mais que resolver picuinhas de estoque logo às nove horas da manhã de uma segunda-feira como aconteceu justo na semana passada graças a uma reposição mal calculada que terminou sobrecarregando o depósito da loja e obviamente virou o maior assunto do dia até eles resolverem a situação reposicionando uma série de caixas quase tão amassadas quanto esta camionete parada em mais um sinal vermelho desta vez já no início de uma avenida perimetral com todos aqueles bares e restaurantes e mesas pela calçada no movimento típico de sexta-feira à noite ao contrário dela que impressionada pelo burburinho está se transformando depressa em uma tarde de domingo naquele estado de espírito que oscila entre a depressão total e uma placidez contra a qual não se tem nada a fazer a não ser aceitar e sair vagando sem um destino aparente talvez até mesmo com uma parada na casa da mãe de onde há pouco ela conseguiu escapar pegando a saída vinte e oito e não a saída vinte e nove depois de cruzar a avenida dezesseis bastante ansiosa em descobrir o que ele está fazendo lá no apartamento pois todo aquele mutismo dele realmente tinha algo de estranho e o que ela continua a desejar é no mínimo uma explicação mais razoável nem que seja para fingir normalidade quando não há nenhuma e ela agora está bem próxima da casa de massas a duas quadras da avenida perimetral já enxergando o letreiro luminoso e a fila de espera composta por crianças e adultos em trajes casuais desta maneira confirmando que o lugar não poderia nunca ser aquele porque primeiro seria preciso expulsar a multidão de dentro deste restaurante que tem toda sua fachada decorada por pequenos mosaicos coloridos de verde e azul e vermelho e preto e amarelo-mostarda conforme ela observa à distância ao estacionar o carro rente ao meio-fio já sonhando com a reviravolta de ver o gerente regional machista de merda em pé ali na frente da porta com aquela risada cínica de quem realmente acha que transar com ele é uma obrigação e é assim um momento de espera no qual ela aproveita para retirar de vez a meia-calça suada se movimentando com cuidado no banco do motorista para não chamar a atenção de ninguém na calçada muito embora ela esteja parada lá longe do tumulto em uma vaga perto da esquina onde o flanelinha deixou somente um recado escrito bem grande e desajeitado no pedaço de papelão que voa quando ela acelera de novo o carro para sair da região de bares e restaurantes ainda sem saber o caminho a seguir já que comparecer ao jantar é uma utopia e ela para falar a verdade não desiste de pensar no marido namorado às vezes até se distraindo com uma lembrança ou outra e logo fascinada por imaginar a desgraça que seria caso ele ingerisse aqueles remédios controlados que ele guarda na última gaveta da cômoda para supostamente tomar durante os períodos de estresse como acabou sendo este fechamento de ano por causa da proibição repentina de um composto muito utilizado pelo laboratório dele para produzir um remédio cujo comprimido ovalado ela hoje seria a primeira pessoa a engolir uma vez que esse medicamento resolveria a dorzinha no tornozelo que volta a incomodá-la e em seguida se estende pela panturrilha e também por um joelho direito de estalos cada vez mais ruidosos no que de alguma forma acaba lembrando a ela do quanto seu corpo é parecido com o corpo da mãe tendo eles dois os mesmos desgastes e defeitos e gorduras e é idêntico até o modo como as duas posicionam o banco do motorista bem próximo do volante do carro com ambas se atrapalhando um pouco nas curvas mais fechadas por deixarem um braço preso por debaixo do outro no que deveria ter sido corrigido na autoescola e não foi e ela no momento se sente meio assustada por não conseguir não imaginar uma cena na qual entra em casa e o encontra caído no chão do quarto totalmente inconsciente depois dele ter tomado uma cartela inteira de remédio como se este fosse o único destino possível e ela não pudesse mais nem mesmo afirmar se ele tem coragem ou não para um suicídio até porque existe um histórico na família e ele no fundo ainda não assimilou o baque daquele primo apesar de todo o discurso positivista que ela agora tenta recordar na esperança de rebater o medo e se convencer de que nada vai mudar afinal ela vai chegar no apartamento e ele vai estar somente deitado no sofá com a preguiça de sempre talvez até a convidando para sentar e conversar pois já deve ter dado tempo suficiente para ele perceber como o que ela mais quer e precisa é apenas um gesto de carinho para pelo menos diminuir esta carência que é mesmo esmagadora a ponto de continuar impedindo o choro de vir e ela não chora e ela não grita e ela só avança pela avenida perimetral quase alcançando o limite leste da cidade mas ainda sem poder enxergar a água do mar ou até aquelas estruturas antigas das barracas que ninguém faz a menor ideia de quando vão ser removidas da orla pois estão embargadas em um processo judicial que envolve inclusive a empresa na qual o padrasto trabalhava antes de se aposentar e ir morar com a mãe dela naquela casa cuja sala de estar contém todos os itens de decoração dos quais ela discorda a começar pelo estilo dos móveis que são sempre muito rústicos e pesados e mostram para ela o oposto do que deveria ser a velhice e ela pensa na velhice e ela pensa na morte e ela logo mergulha em um delírio no qual seu carro de repente vira uma imitação de caixão mesmo quando ela desliga de vez o ar-condicionado e abre os vidros da janela para respirar o ar de uma noite meio abafada com seus vinte e sete graus que insistem em jogar na cara dela que é dezembro e é verão e ela chega a transpirar amaldiçoando a temperatura embora saiba muitíssimo bem que este seu calor exagerado é apenas reflexo de uma ansiedade ainda muito presente no instante em que ela decide retornar para casa nem que seja para verificar se ele não tentou nenhuma burrice e daí o plano é voltar rapidamente para lá e sair de novo em seguida talvez até vindo para este mirante que tendo sido reformado pela iniciativa privada está bastante claro e cheio de movimento já que é sem dúvida um ótimo lugar para se tirar fotos e são portanto vários flashes estourando para fotografar as pessoas ali debaixo dos paredões de grafites como se todo mundo de celular na mão quisesse falar para ela como hoje em dia é fácil gravar uma imagem e jogar na internet igual aliás alguém já deve ter feito com um vídeo no qual o maior protagonista é seu marido namorado de pau para fora apanhando dos passageiros para depois pular pela janela e virar a piada do fim de semana no que vai ser um desastre completo caso aconteça a menos que eles tenham dado a sorte da suposta gravação ter saído tremida e incompreensível feito aqueles videozinhos de festa que ela tantas vezes se pega assistindo nas redes sociais apesar de ter total consciência sobre como eles são tão inúteis quanto essa lorota de jantar uma vez que esses eventos não são mais do que uma isca para manter os gerentes mais jovens acreditando na hipocrisia de uma empresa que não consegue nem ser inteligente o suficiente para não contratar um idiota como o gerente regional machista de merda mesmo sabendo como a postura dele além de ser bastante contraproducente acaba por depreciar seus funcionários e nem sempre é animador levantar cedo pela manhã para ir trabalhar e ter que pegar um tráfego ainda pior do que esta fila lenta de veículos no meio da qual ela pragueja tentando entender as placas de orientação enquanto se pergunta o porquê de ter passado tanto tempo sem dirigir por esta região da cidade pois agora não descobre nem qual é a entrada certa para o caminho de casa se é que ela deveria de fato voltar para aquele apartamento quando sua intuição diz justamente o contrário conforme ela se aproxima da praia e se surpreende ao ouvir afinal o barulho da água do mar ao invés da publicidade do rádio que ela desliga ao dobrar na última curva da rua e enxergar a areia lá detrás dos coqueiros e das barracas de praia que sem dúvida vão ser derrubadas assim que se tiver a liberação da justiça apesar de todas as garantias de um prefeito que ela por convicção ajudou a eleger sem nunca imaginar quão ruim seria este mandato marcado por promessas não cumpridas pois eles prometem e eles não cumprem e ele prometeu e ela acreditou e ela deveria estacionar o carro para dar logo um mergulho na água mas sua velocidade não diminui em absolutamente nada segundo indica o mostrador digital para onde ela olha com frequência depois de cruzar por mais um radar de fiscalização e quase comemorar por não levar uma multa no que seria o desfecho mais patético para uma noite tétrica na qual ela já está começando a aceitar a possibilidade de chegar dentro de casa e realmente o encontrar morto por uma overdose daqueles remédios que sempre foram ficando na última gaveta da cômoda sem que ela antes visse qualquer tipo de problema exceto a chateação de ter um espaço permanentemente ocupado quando poderia guardar por exemplo certos casacos de inverno ou as caixas de documentos que eles mantêm em cima do armário e que há tempos ela precisa revistar para poder cobrar uma dívida da mãe e assim quem sabe pagar um tratamento psicológico que explique o que ela está com tanta dificuldade de explicar no momento em que ela enfim reencontra o trajeto correto para o apartamento agora acelerando seu carro o máximo possível já que pouco a pouco vai se grudando nela um sentimento de urgência cuja hostilidade só não é mais corrosiva do que a náusea que ela experimenta pensando em como seria chocante vê-lo inconsciente ali pela saída do banheiro talvez ainda pelado e com a toalha suja caída pelo canto do quarto no que acabaria sendo uma profunda ironia se não fosse a tristeza dela ser a pessoa responsável por encontrar o corpo igual aconteceu com a grande amiga do trabalho em relação à cunhada que pelas histórias parecia ser uma pessoa bem animada e feliz e que não estaria no pânico que ela está ali no meio de um trânsito que a deixa confusa e alarmada e também imaginando acidentes e vítimas presas nas ferragens por todos os lados de uma rua por onde ela dirige tentando se convencer de que o melhor mesmo a se fazer é alimentar o otimismo já que ela está totalmente livre e vai poder recomeçar a partir de seus próprios princípios e vontades sem ter que sempre observar as regras de um marido namorado com quem ela apenas gostaria de se sentar e tomar um copo de café nem que seja para fingir um mínimo de civilidade antes dela perder a paciência e obrigá-lo a descrever detalhe por detalhe de cada mulher assediada por ele durante todos esses anos em que eles ficaram juntos sendo um casal aparentemente comum que nunca nem desenvolveu nenhum drama significativo a não ser aquela história bem no comecinho quando os dois ainda não se conheciam direito e houve certa celeuma envolvendo um amigo dela que pouco tempo depois mudou de cidade e hoje está casado com uma apresentadora de tevê muito provavelmente nem se lembrando de ter dado em cima desta subgerente de loja que precisa frear seu carro de qualquer jeito para não se chocar com a traseira de um descontrolado cujo automóvel plotado por adesivos de política está cortando a pista da esquerda para a direita sem dar nenhum tipo de sinal assim provocando um buzinaço entre os carros à medida que todos são forçados a reduzir de maneira drástica no que afinal transforma a pista expressa em uma avenida genérica onde os motoristas seguem bem enfileirados um atrás do outro até alguém se estressar e tentar uma ultrapassagem afoita como esta que um cara arrisca para cima dela jogando de repente seu veículo após perceber o quanto ela diminuiu da velocidade e ela neste momento dirige bastante abatida com as duas mãos tensas no volante enquanto se indaga como é que seria dar a notícia da morte para os sogros uma vez que ela não teria nunca a coragem de expor os motivos reais do problema talvez até inventando uma mentira só para evitar o constrangimento de ouvir a sua voz contando para alguém sobre um assunto a respeito do qual ela é absolutamente impotente e indecisa não sabendo mesmo o que dizer já que ela foi arremessada em uma bagunça que nunca deveria ter sido a dela e isso apesar da mãe que com certeza vai repetir o discurso de que toda relação é na saúde e na doença e não somente nas horas bonitas conforme o professado por uma igreja que há muito tempo ela não frequenta e só se importa de evocar só por causa da angústia que logo evolui para um paradoxo no qual ela não consegue se decidir se o seu desejo é vê-lo vivo ou morto pois existe também um lado seu que considera a morte como uma escolha aceitável inclusive para ela que sempre tentou imaginar aquele instante derradeiro quando se deixa de existir e tudo se transforma em um nada cuja atmosfera supostamente sufocante não deve ser muito diferente do ar viciado dentro deste seu carro cada vez mais quente e abafado apesar da janela que é mantida aberta porque o ar-condicionado parece estar com alguma dificuldade de voltar a funcionar não servindo sequer como ventilação durante os vários minutos que ela perde tentando sair da pista expressa através do viaduto no finalzinho da rua vinte e quatro para seguir pela avenida quinze antes de se arrepender da decisão pois o melhor caminho na verdade teria sido cruzar a rua nove para dar de frente com o entroncamento entre a avenida um e a avenida dois para sair bem na entrada do centro histórico onde ela aliás encontraria seus funcionários se preparando para fechar a loja e poderia recuperar aquela planilha de projeção na qual os números do mercado deixam muito evidente como esperar um crescimento acima dos dois por cento do ano anterior é uma perspectiva nada realista diante de um panorama nebuloso em que já se vislumbra até uma rodada de demissões lá pelo mês de março caso não se reverta esse marasmo através de uma liquidação geral ou quem sabe introduzindo uma nova linha de produtos assinados por artistas emergentes igual uma vez aconteceu e terminou sendo o melhor mês de um ano no qual ela mesma redecorou sua sala e a cozinha a partir de um padrão geométrico que ela hoje porém considera frio e ultrapassado para não falar na claustrofobia às vezes provocada pelo emaranhado de retas no papel de parede cujas cores esmaecidas reforçariam agora nela um impulso de morte já muito disseminado pelo corpo dela por causa dos picos de adrenalina que estouram no sangue enquanto ela costura seu carro por entre os automóveis mais lentos acelerando ao máximo e freando ali no limite sem no entanto conseguir avançar pelo caminho porque este trecho da cidade é muito entrecortado por becos e ruelas e é fácil demais se perder não tendo o auxílio de um navegador como ela rapidamente aprende depois de avistar pela segunda vez um muro extenso contra o qual na verdade ela gostaria era de arrebentar o próprio carro na esperança de assim pelo menos terminar de vez com este inferno que parece se multiplicar a cada vez que ela erra uma curva e olha para as placas da rua se sentindo não apenas burra como também inadequada e exausta e triste e doente e ela retorna pela rua treze para ver se alcança de novo a avenida dezesseis apesar do receio da pista ainda estar congestionada no que infelizmente é uma realidade pois a ambulância continua lá parada e para não surtar ela acessa depressa a avenida transversal através de uma rua secundária cheia de lixo e placas coloridas de publicidade mal enxergando as fachadas dos edifícios até um pouco mais adiante quando a paisagem vira mais classe média e rola inclusive um pequeno déjà-vu no instante em que ela engata direto da terceira para a quinta marcha após uma descida de ladeira na qual o carro ganha velocidade até passar dos noventa quilômetros por hora no meio de uma via urbana projetada para suportar não mais do que sessenta segundo indica ali uma placa de trânsito completamente ignorada já que não existe nesta pista nenhum radar de fiscalização ao contrário da avenida da democracia na qual ela de cara já entra tendo que frear e diminuir ou vai com certeza receber uma multa o que não acontece pois ela ultrapassa o sensor dentro dos limites de velocidade e depois nem acelera mais tanto assim porque ela está afinal bem perto de casa e é possível até enxergar lá longe a marquise do supermercado de seu bairro onde apesar dos preços altos as filas são enormes e eles dois perdem um tempo considerável comprando aquela comida que ela vai jogar toda fora se acontecer no apartamento o que ela está com medo de acontecer e ao estalar de novo seu pescoço é que ela entende o quanto seu corpo está prestes a cobrar a conta por ela não conseguir nem mesmo se perdoar por ter saído do apartamento como se o correto fosse ficar junto de seu marido namorado sofrendo do lixo que ele está sofrendo e nunca destruindo a redoma de dependência dentro da qual ela tem elaborado a sua própria noção de identidade desde o dia em que de fato se reconheceu adulta e compreendeu como esta esperada declaração de maturidade não ocorre nunca quando se completa dezoito anos e sim em uma data muito aleatória que chega sem estardalhaço nenhum no dia em que você percebe que não tem ninguém mais velho para te levar para a cama caso você durma no sofá igual ele deve estar lá dormindo à espera dos remédios fazerem efeito se é que esses medicamentos não são aqueles comprimidos de ação imediata e ele está já inconsciente ao redor da cama depois de escorregar do colchão e derrubar todo o material de maquiagem no piso laminado do quarto em uma miscelânea de blush e batom e pincel e lençol além de uma quantidade farta de sangue pois é preciso sempre ter sangue ou não vai nunca parecer uma tragédia real de acordo com o que ela aprendeu no cinema e que agora a impede de admitir o quanto esta imagem não só é inverossímil como também serve apenas para convencê-la a não renunciar a um prazer perverso cuja casca a envolve a ponto de quase fazê-la gostar desta sensação de se sentir miserável enquanto se arrasta até uma casa para onde ela não pretendia voltar mas para onde não pode deixar de ir por estar apavorada com a possibilidade dele realmente ter tentado se matar e então seu esgotamento redobra o pânico e a paranoia e o desespero tão logo sua cabeça se perde na incoerência de silenciosamente se gritar uma ciranda de não e não e não e não e não e não e não e ela assim se vê à beira de uma invalidez na qual os músculos dos ombros e do pescoço não vão reagir com a naturalidade necessária para ela poder mudar a marcha e dobrar a aguardada curva que a leva para a frente do supermercado do bairro e toda aquela movimentação de pedestres e carrinhos e sacolas no meio de uma rua na qual seu sentimento de solidão se torna ainda mais massacrante à medida que o resto da noite vai se tornando cada vez mais uma memória remota e é como se ela já tivesse aliás comparecido ao jantar não tendo que explicar sua ausência para ninguém a não ser para ela mesma que ainda enfrenta um profundo obstáculo interno para separar o que é culpa do que é responsabilidade e ela afinal não para de pensar no quanto gostaria de ser abraçada justamente pela pessoa que mais contribuiu para deixá-la murcha no que até pode ser uma aberração mas que para ela é muito mais lógico do que ela simplesmente abrir a porta de seu apartamento e expulsar de casa um homem com quem ela um dia sonhou ter filhos e uma família e ela aí se esforça para entrar direto na sua rua mas existe um bloqueio parcial no fim na avenida do supermercado por causa de uma reforma na tubulação e estão espalhados por lá uma meia dúzia de cones e placas laranjas apesar de não se notar nenhum sinal de homens trabalhando porque é uma sexta-feira à noite e ela poderia inclusive atropelar os equipamentos da obra ao invés de ficar ali cismada sobre como o número crescente de casamentos frustrados entre as pessoas de sua idade só comprova as teorias antirromânticas da grande amiga do trabalho que hoje vive realmente bem com suas transas casuais e não reclama nem mesmo por não ter ninguém para dividir as contas no decorrer do mês como se a vida não estivesse de fato caríssima e impraticável e do ponto de vista financeiro ela também vai precisar avaliar se consegue continuar morando sozinha naquele apartamento que é quase inteiro financiado por um banco privado contra o qual ela muito adoraria poder enfiar um processo judicial se não estivesse também atrelada a ele em função das prestações de um carro comprado seminovo quando ela se tornou subgerente de loja e como subgerente de loja passou a se estressar muito mais no serviço tendo logo aprendido esta massagem que ela agora aplica alternadamente em seus ombros e no pescoço por eles estarem cada vez mais tensos e endurecidos debaixo de uma pressão simbolizada pela estranheza de um refluxo que a faz engolir o próprio vômito depois de deixar a obra da rua para trás e enfim se reconhecer dentro de uma área com a qual ela está absolutamente familiarizada até se permitindo o luxo de jogar o carro em um pequeno trecho de contramão para poder facilitar na hora de manobrar o veículo e então por não ter mais paciência nenhuma para esperar o portão da garagem se erguer naquele ritmo lento e exasperante ela estaciona seu carro na primeira vaga disponível da rua e isso apesar da distância para seu prédio que está lá adiante com aquela sua fachada feia de pastilhas verdes e laranjas e amarelas pois assim supostamente ajuda na manutenção e na limpeza e etc e ela abre a porta do automóvel com a maior força possível de imediato percebendo o seu exagero e o quanto está hiperventilando uma hipótese nada factível quando o que ela mais queria era somente vê-lo pedir desculpas de uma maneira razoável e não naquela naturalidade não arrependida que na real apenas tenta transformar tudo em um erro comum como se ela é que fosse a louca por surtar e sofrer e se queixar e eis aí o principal motivo para ela ainda se recusar a chorar e gritar ou mesmo sair correndo por esta calçada na qual ela anda de pés descalços só se lembrando de acionar o alarme do carro um pouco mais à frente ao ver de longe uma vizinha cujo sequestro da filha foi o gatilho que forçou os condomínios a se juntarem para instalar não só um sistema de câmeras como também uma pequena guarita de segurança por onde ela passa sem cumprimentar o guardinha até porque ele não está nem prestando muita atenção na rua e sim numa minitelevisão que pelo jeito está ligada ainda na novela já que não são nem nove e quarenta e cinco da noite de acordo com o seu relógio de pulso que ela verifica antes de retirá-lo para guardar junto das chaves e dos documentos em um bolso lateral do vestido preto elegante que ali na rua parece já meio amarrotado ou até encardido pela sujeira da poltrona enquanto ela dirigia e se arriscava e ela gostaria de acelerar o passo e talvez correr para o edifício mas os seus pés começam a doer quando ela pisa mais forte na calçada irregular que está cheia de grama e terra e está até com uma mancha de chorume da qual ela desvia ao caminhar no asfalto e apoiar seu braço por um instante no capô de uma picape para ver se assim consegue se livrar de mais uma ânsia de vômito que vem e vai e volta e se instala de vez na base do seu esôfago a mais ou menos cento e cinquenta metros de seu apartamento onde a luz está desligada e a janela do quarto está aberta embora ela se lembre muito bem de ter trancado a persiana para fugir desta odiosa situação que agora a maltrata ao mesmo tempo em que é uma promessa à medida que ela anda pela rua abalada demais para querer discernir o quão insegura e instável ela está diante de uma desordem mental que ela não vai mais conseguir sustentar a menos que chegue muito depressa em casa e ele esteja lá calmamente dormindo sem ter tomado nenhuma dose de remédio porque afinal a noite é sim uma piada e vai ser tudo uma brincadeira e ela empurra a grade depois da grade ser destravada pelo porteiro e ela ganha acesso ao pátio e ao jardim logo subindo a escada de entrada de dois em dois degraus a fim de ainda pegar aberto o elevador social o que infelizmente não acontece sendo que ela aí se acha no saguão rodeada pelos arranjos de uma festa de criança cujo tema parece ser alguma coisa envolvendo ninjas e espadas samurais segundo ela pôde apurar no brevíssimo instante em que ficou ali parada antes de se decidir pela escada de serviço e assim empurrar a porta corta-fogo para subir ao primeiro pavimento sem nem mesmo esperar o funcionamento do sensor automático daí andando no escuro com o máximo de energia até extenuada parar para respirar no limite do segundo para o terceiro andar sob o peso de uma negatividade que a esmaga e a encolhe e é mesmo um torpor a partir do qual ela se descobre resignada e sem esperança quase como se pudesse compreender que ao invés de carinho o que ele mais pedia era limite e desta forma é realmente impossível viabilizar qualquer relação sentimental uma vez que a estrutura do dia vai ser sempre baseada em um perde e ganha interminável como aliás ela viu a vida inteira acontecer entre a mãe e o padrasto à la filme de hollywood ou novela brasileira ainda que se estivesse em um roteiro de cinema ela não estaria ali parada na entrada do terceiro andar notando pela primeira vez como o porcelanato do degrau tem uma textura enrugada que foi seguramente o que a protegeu de sofrer uma queda durante aquela desabalada descida quando sua vontade era desaparecer e não este desejo contraditório que ela inclusive está farta de tentar definir pois ela sabe que não adianta e não adianta porque ela já está em pé com as mãos na cintura na passagem do terceiro andar à espera de um elevador cujas portas demoram a se abrir como se o maquinário do prédio não quisesse ajudá-la a entrar em casa para o encontrar caído e inconsciente e talvez ainda vivo no que seria a oportunidade ideal para deixá-lo agonizar até a beira do colapso aí sim chamando uma ambulância e salvando este homem que não merece ser salvo nem mesmo se se abrir um portal no céu e os anjos ensinarem para ela um jeitinho de superar o ódio que ela sente ao finalmente entrar no elevador e apertar o botão de seu destino já agradecendo por não esbarrar em nenhum de seus vizinhos nesta cabine que para sua surpresa é menos claustrofóbica do que o corredor onde ela respira e se prepara e ela abre a porta e ela não encontra nada de diferente no apartamento exceto o silêncio da sala porque aparentemente ele foi embora e nem seus utensílios pessoais estão mais pela casa como dá para ela bem rápido deduzir pelo vazio do banheiro quando ela vai lá para lavar as mãos e decide escovar mais uma vez os dentes para ver se elimina da boca este gosto ruim de vômito que no entanto persiste já que ela mal coloca a pasta na escova e já se esquece da ideia pois vai daí abrir o guarda-roupa do marido namorado para constatar como o armário foi de fato esvaziado e os cabides estão inclusive jogados por cima das prateleiras no que é sem dúvida nenhuma um indício de como a fuga se desenrolou tendo sido provavelmente planejada durante os minutos em que ela se trancou no quarto e espalhava pela cama esta maquiagem que é agora empilhada de qualquer jeito por cima de uma cômoda que na verdade está intacta com todos os remédios muito bem guardados ali na última gaveta ao contrário do que ela passou tanto tempo idealizando dentro daquele carro quente e abafado e ela assim se senta no piso para tentar entender o porquê de não estar triste ou chateada ou pasma ou incrédula ou pesada ou aliviada e sim em uma espécie de marasmo que após alguns minutos é preenchido por um novo tipo de indignação já que ela é quem deveria ter sido esta pessoa a expulsá-lo de casa pois só assim ela poderia ter uma chance imediata de recuperar a capacidade total de mandar em sua própria vida não aceitando nunca mais um papel de vítima apesar dele ser tão confortável e acolhedor por ser o lugar com o qual ela está acostumada desde a infância quando sua mãe se tornou essa figura ríspida e mandona e exigente e talvez na real nem exista tanta diferença entre a mulher que ela era antes e a mulher que ela é agora mas o que com certeza existe é este rasgão violento que diz para ela que seu único compromisso a partir de hoje é aceitar e seguir e se reconstruir e isso a começar pela decisão de se levantar do assoalho e ir para a cozinha tomar um copo d'água e comer alguma coisa uma vez que em seu estômago não entrou nenhuma comida nas últimas horas a não ser um lanche no final da tarde e ela se levanta e ela ainda está bastante atordoada ao se levantar do chão não melhorando muito do enjoo porque é como se fosse uma tatuagem no alto da garganta que ela só consegue enfim desobstruir depois de se aproximar do vaso sanitário e enfiar dois dedos na glote para provocar o que ela deveria ter provocado lá atrás no início da noite quando o certo teria sido ela cuspir toda sua raiva na privada e aí pegar as roupas do sujeito para jogá-las no corredor pois desta forma ela não seria então obrigada a enfrentar um orgulho ferido por ter sido ele e não ela a movimentar as principais peças do tabuleiro neste joguinho de poder diante do qual só agora ela entende o tamanho de sua submissão embora nada desta história apareça agora em termos lúcidos e sim através de uma percepção tão difusa quanto esta fome que surge cada vez mais exagerada enquanto ela esfrega um pano úmido pelo piso do banheiro para não ter mais que conviver com um cheiro desagradável que parece até grudar pelos azulejos e lá está ela lá limpando também as paredes e a pia e a lixeira e de repente ela está nua debaixo do chuveiro se achando impaciente e indecisa e na verdade exausta com toda aquela tensão inconsciente nos músculos da virilha e da nuca e das omoplatas para não falar nos dedos dormentes dos pés que ela movimenta para cima e para baixo ao sair do chuveiro e se enxugar distraída em uma toalha listrada que seria a dele se ele não tivesse amassado todas as roupas naquela mala de viagem que antes era guardada nos fundos da área de serviço onde ela em seguida observa que até mesmo a roupa suja de sangue ele tirou do balde e levou só deixando somente no chão uns pingos de água e a meia branca com a qual ela enxuga o assoalho depois de estender a toalha listrada no varal e tirar dos pregadores este pijama no qual ela está agora vestida ao abrir a geladeira e escolher da prateleira uma fatia de mamão para comer sentada no sofá no que é já uma novidade muito bem-vinda apesar de todo o estranhamento de não vê-lo lá fora fumando um cigarro na sacada como aconteceria se esta fosse uma noite normal e ela não estivesse procurando organizar dentro de sua cabeça uma solução para a ansiedade que não diminui nem mesmo quando ela tenta se convencer de que realmente vai ser melhor assim porque a distância ajuda e ela se levanta e ela empurra a comida de lado para ir abrir a porta de vidro da sacada mas esta porta está com um problema no trilho de correr e ao tentar descobrir qual era o macete que ele usava para abrir ela acaba apertando os dedos e se machucando feito uma criança ingênua que ainda precisa da supervisão de um adulto de um modo que essa merda faz disparar nela toda a convulsão acumulada nas últimas horas e ela então grita e grita e grita e grita e grita e ao parar de gritar não sobra mais nada a não ser uma vontade forte de se proteger e nunca mais permitir que uma pessoa se ache no direito de ir embora sem nem ao menos explicar os motivos desta decisão pois ela tem valor e ela não vai aceitar e ela está de volta para o sofá desta vez se deitando com as pernas esticadas por cima do braço do móvel para fazer o sangue circular e assim resolver a dormência nos dedos dos pés que ela de novo movimenta para cima e para baixo até ela conseguir se acalmar e mais calma começar a se planejar sobre o que fazer a respeito deste apartamento já que ela não vai querer ficar aqui sozinha e talvez possa quem sabe dividir um outro lugar com a grande amiga do trabalho se não for inconveniente morar com uma pessoa com quem você já trabalha oito horas por dia e ela se espreguiça e ela boceja e ela se enrosca toda no cantinho do sofá logo caindo naquele estado de vigília no qual os ruídos ao redor ficam distantes e estranhos e daí o corpo descarrega sua tensão em uma tremida que a faz acordar com a cabeça ainda mais agitada pensando no quanto gostaria de revender todos os móveis do apartamento para pegar o dinheiro e viajar para qualquer cidade onde ela possa tomar um banho de cachoeira e suavizar o peso de ser uma mulher cujas relações futuras vão sempre sofrer com um filtro de desconfiança que é tão inevitável quanto perigoso e o telefone toca e ela não atende e embora ela saiba que a pessoa do outro lado da linha não tem culpa nenhuma ela arranca o fio do plugue e arremessa o aparelho contra a parede em um gesto absolutamente decepcionante porque o impacto não quebra nem a pontinha do plástico e é como se o telefone avisasse para ela que as coisas não vão ser resolvidas com dramalhões pois assim ela precisaria se tornar uma pessoa que ela não é e ela finalmente decide que vai de fato dormir depois de ligar o celular e se assustar com a quantidade de ligações e mensagens de texto do gerente regional machista de merda que pelo jeito está muito bêbado e amanhã vai se arrepender bastante do que escreveu dado que boa parte das palavras dele é passível de processo apesar do pedido de desculpas que chega no momento em que ela lê uma mensagem bem bonita da grande amiga do trabalho e constata não ter nenhuma notificação de seu marido namorado a não ser a surpresa de ver que ele desativou todas as suas redes sociais virando portanto um fantasma com o qual ela ainda vai precisar se ocupar nos próximos dias para poder decidir a respeito dos móveis e do apartamento e as contas e ela se espalha por inteiro no sofá já que não vai de jeito nenhum dormir na cama e é extremamente confuso se relacionar com a noção de liberdade conforme fica cada vez mais evidente que ele não vai entrar por aquela porta de madeira para onde ela olha desconsolada enquanto tenta adivinhar quais são os barulhos dos vizinhos e do elevador e isso no final acaba sendo um exercício vazio porque o silêncio vira uma constante até ela apagar por algumas horas em um sono muito mal dormido que termina no alto da madrugada e aparentemente envolve um sonho na antiga pensão da avó de quem ela infelizmente mal se lembra porque a vó morreu quando ela ainda era muito mais nova e hoje a única recordação física além das fotos na casa da mãe é um sofá chesterfield preto no qual ela amanhã pretende se sentar para tomar um café e talvez falar sobre a separação naquele tipo de diálogo cem por cento genérico que com certeza não vai incluir nenhuma informação comprometedora pois ela precisa ainda de muito tempo para poder pensar e aceitar e entender e ela não entende e ela não vai entender e ela enfim se arrasta para o seu quarto para abrir a cômoda de estilo provençal e pegar da gaveta um lençol de algodão egípcio no qual ela se enrola da cabeça aos pés ao retornar para este sofá que de repente virou um pequeno casulo apesar dela nunca ter gostado de seu estofamento que é um estofamento realmente muito áspero como ela logo nota ao se revirar de um lado para outro e começar a se perguntar onde é que ele foi e o que é que ele está fazendo e como é que ele vai se virar com o dinheiro se já estamos na metade do mês e ele tinha dito não ter mais quase nenhum limite no cartão por ter encomendado um suplemento alimentar que não chegou e nem vai chegar e nisso talvez seja hora até dela tomar um relaxante muscular porque mesmo depois do cochilo os músculos dos braços e das pernas continuam a doer uma dorzinha chata e constante que a deixa encolhida debaixo do lençol para tentar também se esquentar pois a temperatura do ambiente esfriou bastante durante a madrugada e a ventania já indica que o sábado deve ser de chuva que seria aliás a primeira chuva a cair desde o fim do último mês quando desabou uma tempestade bem na noite em que eles dois saíram para transar em um motel naquela ideia de quebrar a rotina e não ficar achando que transar em lugar incomum é transar neste sofá onde ela se recrimina por estar divagando sobre sexo ao invés de se concentrar no que ela vai fazer a partir de amanhã ao se levantar e procurar saber quais são os direitos de cada um no caso deles venderem o apartamento já que o imóvel não está quitado e tem também toda a divisão dos móveis e dos pertences e graças a deus não existe nenhum filho para ficar perdido no meio da partilha pois seria realmente desgastante e ela não poderia nem ter a sensação de recomeço com a qual ela está ainda tentando se acostumar no momento em que ela se levanta e vai buscar mais uma coberta no quarto que está todo escuro e dá a ela uma impressão tenebrosa de ter alguém no lugar mesmo que ela olhe para todos os cantos e veja somente esta cama na qual ela não pretende se deitar nem hoje nem nunca mais e ela pega a coberta e ela pega um travesseiro e ela carrega o jogo de cama para a sala após trancar a porta do quarto para ver se pelo menos assim ela consegue entender que de fato acabou e já era e ele não vai voltar e é portanto uma ilusão acreditar que o sono vai vir quando o seu corpo está aos poucos aceitando o quão gostoso é ficar sozinha pela casa não tendo que responder nada para uma pessoa cuja implicância seria gigantesca ao vê-la largar o lençol e o travesseiro de qualquer maneira no sofá para ir à cozinha preparar um café que pelo jeito vai ser puro porque não tem mais nenhum litro de leite na geladeira e a leiteira só vai mesmo servir para esquentar uma água como esta que ela posiciona na primeira boca do fogão antes de pegar a caixa de fósforos e começar a brincar com os palitos acendendo um atrás do outro até não sobrar mais nenhum e eles todos ficarem por ali acumulados na bancada

Oh, sinnerman, where you gonna run to?
  Nina Simone, *Sinnerman*

*Este livro é dedicado a
Lenilde Oliveira e Beraldo Boaventura,
por eles serem quem eles são.
E a Estela Moroni,
por ela me ajudar a ser quem eu sou.*

Eu gosto bastante de escrever agradecimentos porque livro não se escreve sozinho e é preciso reconhecer como todo mundo influencia na sua vida, mesmo aquelas pessoas que acabaram de chegar. Mas, neste espaço muito reduzido, além de mandar um beijo para Rodrigo Rosp e todo o pessoal da Dublinense pela confiança, eu gostaria de destacar os leitores que enfrentaram os vários rascunhos e me ajudaram muito a reescrever todo o material: Luiz Antonio de Assis Brasil, Paulo Ricardo Kralik e Laura Erber, ainda na banca do mestrado; Breno Fernandes, Saulo Dourado e Jônathas Araújo, lá na primeira versão; Julia Dantas, Camila Doval, Gabriela Richinitti, Luisa Geisler e André Luiz Costa, nos arremates finais; Aline Job, Ananda Costa, Cacá Joanello, Celso Alves, Cristiano Baldi, Débora Ferraz, Eduardo Cabeda, Eneida Silva, Flor Reis, Igor Bernardes, Jana Dourado, João Senna, Julie Fank, Leonardo Pastor, Lu Thomé, Marcella Mattar, Malu, María Elena Morán, Moema Vilela, Natalia Borges Polesso, Raquel Belisario, Reginaldo Pujol Filho, Ricardo Koch Kroeff, Taiane Santi Martins, Tamires Fukutani e Tiago Germano, nos conselhos e nas divagações, ao vivo e no mundo virtual; Estela Moroni, no divã; e todo o grupo Cartografias Narrativas em Língua Portuguesa, além do pessoal do Chico Toucinho e do Porto da Barra. Agradeço também a Olívia Scarpari, pelas muitas conversas que, de fato, definiram tudo o que está aqui escrito. Sem dúvida, não posso deixar de agradecer ainda a Fred Linardi e Renata Daibes, pelos guacamoles e pelo abrigo em Porto Alegre, minha segunda casa na cidade. E a Darci Oliveira e Jorge Melo, por terem me dado um espaço seguro para eu poder ter uma cabeça mais leve e conseguir terminar o livro, apesar dos dois serem obrigados a conviver com a porta fechada do quarto. No final, só posso mesmo é mandar um abraço forte a todos que acompanharam esses meus muitos anos de convívio com Mônica: ainda não faço a menor ideia de como vai ser dar tchau para ela.

Salvador, 28 de abril de 2019

P.S.

Acho que hoje, depois de seis anos de livro publicado — e onze desde que comecei a escrever o primeiro rascunho —, consegui, enfim, me despedir de Mônica: ela já não me pertence mais, não é mais uma figura na minha cabeça, ela foi viver o calor da rua, virou tópico de discussão, motivo de discórdia, participou de clubes de leitura, recebeu cartas, inspirou playlists e vídeos, foi parar em audiolivro, peça de teatro, teatro filmado, quem sabe um dia chegue ao cinema, ganhou elogios e também palavras de ódio, e leitores e leitoras até hoje me mandam mensagens reclamando da falta de ar ao ler o livro — o que eu adoro, embora me sinta sempre um pouco sádico (e só me acalme pensando que tá tudo bem, a literatura não pode ter apenas emoções agradáveis) —, ela agora é gente, e acho isso o mais maravilhoso de tudo, é inestimável: ver as pessoas falando de uma personagem de papel como se fosse uma pessoa de verdade, ver que Mônica, cujo nome inclusive só aparece no título do texto, existe para além dela mesma, nunca imaginei que algo assim pudesse acontecer: eu só queria escrever e botar tudo pra fora. Ao mesmo tempo, como é bom perceber que é possível, sim, se despedir; é possível, e até necessário, abrir espaço para novas personagens, novos livros, novos amores: durante anos, Mônica foi o amor da minha vida e, agora que nos despedimos, é ótimo saber que ela está bem, seguindo seu caminho. Um beijo, Mônica. Obrigado por tudo.

Salvador, 7 de fevereiro de 2025

Copyright © 2019 Davi Boaventura

CONSELHO EDITORIAL
Gustavo Faraon, Rodrigo Rosp e Samla Borges

REVISÃO
Raquel Belisario e Rodrigo Rosp

CAPA E PROJETO GRÁFICO
Luísa Zardo

FOTO DO AUTOR
Yaniza Maputo

**DADOS INTERNACIONAIS DE
CATALOGAÇÃO NA PUBLICAÇÃO (CIP)**

B662m Boaventura, Davi.
Mônica vai jantar / Davi Boaventura.
— 2. ed. — Porto Alegre : Dublinense, 2025.
108 p. ; 19 cm.

ISBN: 978-65-5553-193-0

1. Literatura Brasileira.
2. Romances Brasileiros. I. Título.

CDD 869.937 • CDU: 869.0(81)-31

Catalogação na fonte:
Ginamara de Oliveira Lima (CRB 10/1204)

Todos os direitos desta edição
reservados à Editora Dublinense Ltda.
Porto Alegre • RS
contato@dublinense.com.br

Descubra a sua próxima
leitura na nossa loja online

dublinense .COM.BR

Composto em ANTWERP e impresso na PRINTSTORE,
em AVENA 90g/m², no VERÃO de 2025.